GOLDMANN

Buch

Prag im Herbst 1912. Ein Mann wird von zwei schemenhaften Gestalten in die Moldau gestoßen. Die Mörder verschwinden im Morgennebel. Der junge Kafka ist auf der Suche nach einem Freund, der plötzlich auf seltsame Weise verschwunden ist. Die Spur führt ihn ins legendäre Künstlercafé »Continental«. Dort trifft er auf den Totengräber Bizzlebeck, eine finstere Gestalt, der ihm rätselhafte Fragen stellt. Wenig später identifiziert Kafka die Leiche seines Freundes. Die Polizei geht von einem Selbstmord aus, doch Kafka glaubt nicht daran. Die Spur seines toten Freundes führt ihn zu einem gewissen Dr. Murnau, der im Schloß ein geheimnisvolles Labor betreibt und sogenannte »Gehirnumwandlungen« vornimmt. Kafka entdeckt, daß sein Freund einer im Untergrund arbeitenden Anarchistengruppe angehörte, gegen die die Regierung angeblich seit neuestem mit ganz ungewöhnlichen Mitteln erfolgreich vorgeht. Der teuflische Dr. Murnau scheint dabei eine zentrale Rolle zu spielen. Und Kafka begreift, daß er das nächste Opfer sein soll.

Kafka – der Roman zum neuen Film von Steven Soderbergh *(Sex, Lügen und Video)* mit Jeremy Irons, Alec Guiness, Theresa Russell und Armin Müller-Stahl.

Autor

François Rivière ist Autor zahlreicher Schriftsteller-Biographien, u. a. von Enid Blyton, Agatha Christie und James Barrie, und schreibt als Literaturkritiker für die französische Tageszeitung Libération.

FRANÇOIS RIVIÈRE

KAFKA

ROMAN

Aus dem Französischen
von Gabrielle und Georges Hausemer

GOLDMANN VERLAG

Die Originalausgabe erschien unter dem Titel »Kafka«
bei Calmann-Lévy, Paris

Deutsche Erstveröffentlichung

Umweltbinweis:
Alle bedruckten Materialien dieses Taschenbuches
sind chlorfrei und umweltfreundlich.

Der Goldmann Verlag
ist ein Unternehmen der Verlagsgruppe Bertelsmann

Made in Germany · 1. Auflage · 10/92

Umschlaggestaltung: Design Team München
Umschlagmotiv und Bildteil: Senator Film, München
Satz: IBV Satz- und Datentechnik GmbH, Berlin
Druck: Presse-Druck Augsburg
Verlagsnummer: 42040
Lektorat: Laura Heuberger/AK
Herstellung: Sebastian Strohmaier
ISBN 3-442-42040-7

Für Sébastien Briand

»Zärtlich lächelte er ihr zu, bewegte die Lippen, als wollte er etwas sagen, als sich plötzlich der Boden des Zimmers öffnete und er aus ihrem Blickfeld verschwand. Die Anstrengung, die sie machte, um seinem Fall nicht zu folgen, weckte sie.«

Ann Radcliffe

Erstes Kapitel

Elsa spazierte zwischen den großen Bäumen des Waldes von Epping hindurch. Sie hatte Angst, und ihr Herz schlug rasend schnell. Ein Mann folgte ihr auf dem glitschigen Pfad, der sich zwischen den Stämmen der jahrhundertealten Bäume hindurchschlängelte. In der menschenleeren High Street hatte sie seine Anwesenheit zuerst bemerkt, und nun ließ der andere nicht mehr von ihr ab. Sie kannte ihn vom Sehen: er war einer dieser Stadtstreicher, die manchmal in der Nähe der Eisenbahnbrücke oder in den Parkalleen des Waisenhauses übernachteten.

Obwohl Elsa am ganzen Körper zitterte, fühlte sie sich seltsam stark. Sie glich einem Jungen und fragte sich plötzlich, ob der andere sich nicht das falsche Opfer ausgesucht hatte. In der Stille der Novembernacht hörte sie den Atem des Mannes, der nun immer schneller ging und obszöne Worte auszustoßen begann. Wenn sie nicht bald anfangen würde zu laufen, wäre es zu spät. Aber sie hatte Angst, auf dem mit aufgeweichten Blättern bedeckten Boden auszurutschen und hinzufallen. Dann könnte sie überhaupt nichts mehr tun. Sie mußte mit List vorgehen, sich den Leibesumfang und den möglicherweise schlechten gesundheitlichen Zustand des Mannes zunutze machen. Diese Kerle waren doch alle irgendwie krank und konnten sich oft kaum auf den Beinen halten.

Auf ihren Verfolger schien dies jedoch nicht zuzutreffen. Er kam näher und lud sie zu einer hemmungslosen Orgie ein, bei der sie, wie er versicherte, nichts zu befürchten hätte. In diesem Augenblick blieb Elsa abrupt stehen und drehte sich um. Ihr Kopf war voller Bilder: lauter sorgfältig ausgesuchte Bilder aus Horrorfilmen, die ihr das weitere Vorgehen diktierten. Auch der andere hielt überrascht inne. In der Dunkelheit konnte sie sein rundes, bärtiges Gesicht, seine blutunterlaufenen Augen und die ekelhaften Zähne in seinem Mund kaum erkennen. Sie überließ sich den Bildern und der sie begleitenden, aufpeitschenden Musik und warf sich wie eine wildgewordene Katze auf den Mann. Dumpf fiel er zu Boden, und sie hörte, wie sein Kopf auf etwas Hartes aufschlug – zweifellos auf einen Stein, der unter den Blättern verborgen lag. Sie beugte sich über ihr Opfer und wich dabei den riesigen Händen aus, die sie zu packen versuchten. Mit der ganzen Kraft der jungen, sportlichen Frau aus einem Londoner Vorort fiel sie über ihn her, beschimpfte und beleidigte ihn. Sie ließ erst von ihm ab, als er sich nicht mehr bewegte, verschwand in die Einsamkeit jener seit langem von den Feen und Schelmen aus Kindermärchen verlassenen Orte und ging ihrem Schicksal entgegen.

★

Elsa schloß das Buch, das auf ihren Knien lag, und hob den Kopf. Die langsame Bewegung ihres Blickes, der von der Karlsbrücke zum imposanten Schloß wanderte, ließ sie schaudern. Wieder waren ihre Augen zum Objektiv einer folgsamen Kamera geworden, durch das die junge

Frau die Welt betrachtete. An jenem Morgen spielte sich der Film in Prag ab, und ihre stete Verwunderung war so groß, daß sie alles andere vergaß: sowohl den blonden Jungen, der neben ihr saß, als auch diese schrecklichen Kopfschmerzen, die sie seit Beginn ihrer Reise quälten.

Leise vor sich hin murmelnd wiederholte Elsa den Satz, den sie soeben gelesen hatte: »Am Anfang seiner Karriere, so sagt man, trug Murnau an der Stelle seines Kopfes eine Kamera.« Genau wie sie hatte dieser Magier, dessen Filme sie alle gesehen hatte, die Welt durch das Prisma eines immer wiederkehrenden Traumes betrachtet; er hatte die Leben seiner sämtlichen Figuren – Faust, Nosferatu und viele andere mehr – selbst gelebt und dabei die Wirklichkeit vergessen, diese Quelle aller Ängste, die auch Elsa beständig zu beschwören versuchte.

Sie wandte sich an Clive, der lesend auf dem dreckigen Gras des Bahnsteigs lag, und sagte mit heiserer Stimme und ziemlich ausgeprägtem Cockney-Akzent:

»Es wird langsam kalt. Wir sollten von hier weggehen.«

Mit einer jähen Bewegung hob der Junge den Kopf und versuchte, die lange blonde Haarsträhne aus seinen Augen zu streichen. Sie verlieh ihm immer noch das Aussehen eines jungen Schülers der *Wilkinson Public School*, die er zehn Jahre zuvor besucht hatte.

Clive besitzt diese irgendwie unwirkliche Schönheit der Söhne der besseren englischen Gesellschaft, dachte Elsa. In der Geheimsprache, in der sie nur mit sich selbst sprach, war er eine »Figur«, eines jener Wesen, die sie auf ihren endlosen Wanderungen durch London durch das Objektiv ihrer Kamera beobachtete. Lange Zeit hatte sie das Gefühl gehabt, gar nicht zu existieren, sondern nur die Summe außergewöhnlich genauer Wahrnehmungen zu sein, die einzig und allein dazu bestimmt waren, das äußere Erscheinungsbild der sie umgebenden Welt festzuhalten und dieses unaufhörlich in sich aufzusaugen – wie im Kino, ihrer einzigen wahren Leidenschaft.

Der Junge betrachtete sie mit einem ironischen Lächeln. Hatte er nicht bemerkt, wie sehr Elsa sich seit ihrer Abreise zurückhielt? In jenen fünf Tagen hatten sie sich kurze Zeit in Paris, Brüssel und Frankfurt aufgehalten. Anschließend erreichten sie Prag, wo ihre eigentliche »Pilgerfahrt« begann. Elsa zitterte immer noch. Clive. Der elegante Kinoliebhaber, in den sie sich sechs Monate zuvor, nach einer Vorführung anläßlich des London Festival of Film, plötzlich Hals über Kopf und mit einer Begeisterung, die zweifellos eher fetischistisch als vernünftig war, verliebt hatte, und zwar nachdem sie sich eine höchst seltene Kopie des Films *Der Student von Prag* angesehen hatten. Diese befremdenden, mysteriösen Bilder hatten sie gleichzeitig hingerissen und überwältigt, und anschließend hatte das schlanke, braunhaarige Naturkind eine beinahe surrealistische Unterhaltung mit dem Jungen begonnen, der sie später auf einen Drink in eine Bar in Soho einlud. Gewöhnlich ging sie nach einer Vorstellung sofort in das große, trostlose Haus in Woodford, im Norden der Hauptstadt, zurück. Doch diesmal hatte die Schönheit des jungen Mannes über ihre Schüchternheit gesiegt. Sie hatte sich ein Herz gefaßt und war ihm gefolgt. Unter den stumpfsinnigen Blicken zweier Punks mit orangefarbenen Mähnen hatten sie mehr als eine Stunde lang über ihre Liebe zum Kino geredet, und vor allem über jene Filme, die beide gleichermaßen zu begeistern vermochten, wenn sie im Halbdunkel des kleinen Tempels des British Film Institute saßen. Über die Meisterwerke des deutschen Expressionismus: über Murnau, Pabst, Dreyer und deren Epigonen Karl Freund, James Whale, Tod Browning usw.

Sie hatten den gleichen Geschmack, was Elsa zunächst ungemein überraschte. Dieser Junge aus guter Familie, mit dem aparten Gesicht, den guten Manieren und dem Chelsea-Akzent, fühlte sich von diesen schauerlichen und finsteren Welten, in denen sie sich zu Hause fühlte, genauso angezogen wie sie. Doch an jenem Tag erzählte sie ihm nichts von sich, sondern verriet lediglich, daß sie Studentin sei – was an sich nur eine halbe Lüge war, da sie ein Fernstudium in Wirtschaftswissenschaften absolvierte und sich nebenbei mit kleinen Jobs etwas Geld verdiente, um zu überleben.

Clive erzählte ihr, daß er als Journalist bei *Time Out* zu arbeiten begonnen habe und sein Onkel einer der Teilhaber dieser Zeitung sei. Anschließend verabredeten sie sich für den nächsten Abend zur Vorführung der *Maskierten Frau*. Als Elsa später in dem schwankenden Waggon der Northern Line saß, ließ sie, bei geschlossenen Augen, diese eigenartige Begegnung noch einmal Bild für Bild an sich vorüberziehen und träumte noch sehr lange von diesem bezaubernden, ihr so vertrauten und gleichzeitig so fernen Jungen.

Die Maskierte Frau wurde im letzten Moment vom Programm gestrichen, so daß sie statt dessen *Das Kabinett des Dr. Caligari* zu sehen bekamen. Nach der Vorstellung bestand Clive darauf, gemeinsam in ein Café in der Fulham Road zu gehen – einer jener Orte, an die sie sich gelegentlich verirrte, fasziniert von der eleganten und modernen Jugend dieses Viertels, zu dem auch Clive gehörte. Dort stellte Clive sie einigen seiner Freunde vor, gezierten jungen Männern, die nach der neuesten Mode gekleidet waren und die, was Elsa betraf, keinerlei Fragen zu haben schienen. Mit ihren braunen, sehr kurz geschnittenen Haaren, ihrer Jeansjacke, dem engen Rock aus Kunststoff und den schwarzen Strümpfen hätte auch Elsa bei *Time Out* arbeiten können. Dennoch blieb sie auf der Hut, denn schließlich bewegte sie sich hier auf unbekanntem Terrain.

Mehrmals machte Clive sich über ihre düstere Miene lustig. Am Ende verschwand sie und kehrte in ihre Welt zurück, in jenen Londoner Vorort am Rande des Waldes von Epping, in dem sie geboren und zusammen mit ihrem jüngeren Bruder bei ihrem Vater aufgewachsen war.

In ihrem Schlupfloch unter dem Dach fand sie zu ihren Büchern und der riesigen Fotosammlung zurück, die sie im Lauf der Jahre angelegt hatte und die sie stundenlang betrachten konnte. Noch nie hatte sie einem ihrer Freunde erlaubt, dieses stets verschlossene Zimmer zu betreten; nur ihr Bruder Jim wagte sich manchmal hinein. Aber schließlich war er mehr als nur ein Bruder, nämlich eine Art Komplize, dem sie sich in psychologischer Hinsicht überlegen fühlte. Ihre einzigen Kameraden in Woodford waren die Kinder, mit denen sie aufgewachsen war,

Bastarde der Vorstadt: der Sohn einer alkoholabhängigen Irin, Saeed und seine Schwester Naima, die Kinder indischer Imigranten, und Tonino, der das Lebensmittelgeschäft seines italienischen Vaters übernommen hatte. Mit Saeed und Tonino, die für sie fast wie richtige Brüder waren, hatte Elsa die Sexualität entdeckt, doch ihre wahren Liebhaber waren die Schauspieler aus ihren Lieblingsfilmen: David Hemmings, Terence Stamp und Ian Ogilvy, so wie sie ihn in den Filmen von Michael Reeves kennengelernt hatte, in *Die Hexer* und in *Der Große Inquisitor.*

In der ersten Zeit war sie überzeugt, auch Clive gehöre dieser Art von Helden an. Wenn sie sich sein Leben vorstellte, dann ähnelte es dem Leben in jenen Filmen, die sie für die letzten expressionistischen Meisterwerke hielt. In einer ihr vertrauten Umgebung – London, New York oder, wie jetzt, Paris – gaben diese vom Schicksal geprägten Menschen ihr eindeutige Zeichen. Wie durch ein Wunder war Clive von der Leinwand zu ihr herabgestiegen. Doch sie fühlte sich wie gelähmt. Eine innere Stimme riet ihr, mißtrauisch zu sein; es war dieselbe Stimme, die ihr seit jeher diktierte, was sie in ihrem Leben zu tun hatte. Möglicherweise handelte es sich um die Stimme ihrer Mutter, die sie nie gekannt hatte und deren Fotos sie manchmal mit unendlicher Sehnsucht betrachtete. Sie ähnelte ihr nicht im geringsten, doch das spielte keine Rolle, da Elsa sich diese Frau in einem Film vorstellte, der noch trauriger war als jene, die sie so sehr liebte.

Es war nicht Clives Art, eine sentimentale Annäherung

zu versuchen – ein Ausdruck, den Elsa benutzte, um einen galanten Vorgang zu beschreiben, von dem sie keine Ahnung hatte. Bislang hatte sie selbst nur flüchtige Umarmungen bar jeglicher Sentimentalität kennengelernt. Sie liebte die zerbrochenen Herzen der Helden »ihrer« Filme und versuchte manchmal sogar, hinter dem Make-up der Schauspieler geheime Botschaften zu entdecken, die nur für sie allein bestimmt waren. Ihr neuer Freund jedoch schien noch sehr weit von ihr entfernt zu sein – weit entfernt von einer Elsa, die nichts von sich preisgab und ihn im stillen und mit einer Hoffnungslosigkeit bewunderte, die ihr in der Welt, in der er sich bewegte, die einzig mögliche Form der Annäherung zu sein schien.

Die Entdeckung jedoch, die sie bei ihrer dritten Begegnung machte, stürzte sie in schreckliche, ihr bis dahin völlig unbekannte Verwirrung.

Sie kam zu früh zu ihrer Verabredung im Garten Eden. Ein wenig schüchtern nahm sie an einem Tisch auf der Terrasse Platz und vertiefte sich in die Lektüre von Sheridan Le Fanus' *Carmilla*.

Plötzlich wurde ihr Blick auf ein vorfahrendes Auto, einen prachtvollen italienischen Wagen, gelenkt, in dem sie Clive neben dem Fahrer, einem etwa dreißigjährigen Mann, sitzen sah. Clive küßte diesen Mann auf den Mund, woraufhin dieser lächelnd die Wange des Jungen streichelte. Dann schwang Clive sich aus dem Wagen, und in diesem Augenblick kreuzte sein Blick den von Elsa, die sofort begriffen hatte.

Der anfänglichen Benommenheit folgte ein Zustand unterdrückter Wut, wie Elsa ihn nur allzu gut kannte. Am meisten ärgerte sie sich darüber, blind gewesen zu sein. Für eine Situation, für die es doch so viele Anzeichen gab. Auf Clive hingegen war sie nicht böse, und diese Tatsache rettete ihre Freundschaft. Eine Freundschaft, die sogar Woche für Woche wuchs und sich in eine Komplizenschaft verwandelte, wie das Mädchen sie bislang niemals wirklich kennengelernt hatte. Einige Monate später war Clive zum ersten Mal damit einverstanden, sie in Epping zu besuchen, um dort – unter einer Frühlingssonne, die den Wald beinahe einladend wirken ließ – eine Elsa zu erleben, die von dem Plan, mit dem sie sich bereits seit einiger Zeit beschäftigten, geradezu erregt war: eine Reise an jene Orte, wo das von ihnen so sehr geliebte Kino geboten worden war.

Das alles spielte sich auf dem kurzgeschnittenen Gras einer Lichtung ab, auf der Clive sich lässig ausgestreckt hatte, genau wie jetzt in Prag, in jener Stadt, die für sie den Ursprung sämtlicher Geheimnisse darstellte, den symbolischen Ort ihrer Liebe zum Kino. Sie hatten beschlossen, die Kulissen aufzusuchen, vor denen ihre Lieblingsfilme, von *Der Student von Prag* bis zu *Golem*, sich abspielten, und sich von der Atmosphäre jener Stadt durchdringen zu lassen, deren bloßer Name genügte, um so viele Legenden heraufzubeschwören.

»Gehen wir?« schlug Clive vor, als er sich erhob. Seit ihrer Abreise hatte er ein wenig von der Steifheit des jungen Londoners im Trenchcoat eingebüßt, und die schlichtere

Bekleidung, die er nun trug, verliehen ihm das Aussehen all jener Studenten, denen sie auf Schritt und Tritt begegneten und denen auch Elsa ähnlich sah. Obwohl die beiden jungen Leute sich inzwischen gut genug kannten, um über das Leben des andern Bescheid zu wissen, hatte Elsa anfangs große Angst davor, lange Tage in Begleitung des Jungen verbringen zu müssen, woran sie aus London nicht gewöhnt war. Elsa hatte Clive ihre Einsamkeit eingestanden, und er hatte ihr von seiner Beziehung zu Herb erzählt, zu dem Mann mit dem italienischen Wagen, der Direktor einer bekannten Fotogalerie war und so viel auf Reisen, daß sie sich nur selten trafen.

Sie schulterten ihre Rucksäcke und gingen am Fluß entlang in Richtung der Gassen des Viertels Mala Strana. Sie durchquerten einen Park, wo Schüler einer Kunstakademie sich nicht recht entscheiden konnten, ob sie faulenzen oder sich ihren Skizzenblöcken widmen sollten.

Sie spazierten durch die Altstadt mit den gelben Mauern, sprachen kein Wort und ließen sich ausschließlich von dem Wunsch treiben, das zu entdecken, was Clive gleich nach ihrer Ankunft das »Prager Studio« genannt hatte. Sie stiegen unendlich viele Stufen hinauf, die auf einigen Umwegen zu dem alles dominierenden Schloß führten. Erschöpft gingen sie anschließend zur Karlsbrücke und zum Hotel Zu den Drei Straußen zurück, in dem sie ein Zimmer gemietet hatten. Den Aufenthalt in diesem barocken Etablissement, das vor allem von betuchten amerikanischen Touristen bewohnt wurde, zahlte Clives Zeitung, die mit der Reportage, die er vorgeschlagen hatte, einverstanden gewesen war.

Mit Begeisterung und gleichzeitigem Schrecken hatte Elsa die gemütlichen Salons, die Oberkellner mit den herablassenden Mienen und die Arroganz einer Kundschaft entdeckt, die sie auf Anhieb verabscheute. Doch ihr Mißmut ließ nach, sobald sie ihr Zimmer unter dem Dach betreten und die winzigen Fenster geöffnet hatte, die – genau wie in *Die freudlose Gasse* – den Blick auf den Fluß und die Altstadt mit ihren verschrobenen Dächern freigaben. Beim Anblick geriet sie in Verzückung und stieß einen Schrei der Begeisterung aus, von dem Clive sehr überrascht war.

Elsa Hilbrett und Clive Jeffrey-Davies schliefen nicht miteinander. Doch ihre Freundschaft ging auch nicht in jene brüderliche Vertrautheit über, von der Elsa geträumt hatte, die der Junge jedoch ablehnte. Wenn sie das Zimmer mit den geblümten Stofftapeten an den Wänden und den dunklen Holzmöbeln betreten hatten, waren die beiden jungen Leute nicht länger ein angelsächsisches Touristenpaar, sondern verwandelten sich wieder in jene zwei Menschen, die einzig und allein durch einen gemeinsamen Traum, nicht jedoch durch gegenseitige physische Anziehung miteinander verbunden waren. Clive schien diese Art von Zusammenleben nicht zu stören; Elsa hingegen empfand eine Art Kummer, der sich mit Enttäuschung vermischte. Verstohlen beobachtete sie den – so verführerischen – Körper des Jungen, wenn er vom Bad zum Bett ging und sich mit der Anmut eines Prinzen darauf ausstreckte. Sie war in Clive verliebt und konnte nicht anders, als ihn heimlich leidend anzuhimmeln.

Während Clive im Licht der Nachttischlampe erneut zu lesen begonnen hatte, trat die junge Frau an eines der Mansardenfenster und verlor sich in der Betrachtung der in der Dämmerung liegenden Stadt. Sie vergaß die Anwesenheit des Jungen und träumte vor sich hin, wie eine junge Hexe, die auf ihrem Besen über die jahrhundertealte Stadt hinwegfliegt. Sie schwebte über den Fluß und gelangte ins jüdische Viertel Josefov. Sie erinnerte sich an die Bilder aus dem Film von Paul Wegener, der als erster *Golem* von Rabbi Loew verfilmt hatte. Einst hatte sie ganze Nächte damit verbracht, von dieser Figur zu träumen und sich immer neue Heldentaten für sie auszudenken, »wenn der Nebel an den Herbstabenden in den Straßen steht und ihr kaum wahrnehmbares Antlitz verbirgt...«.

Früher war das Ungeheuer Frankenstein einer ihrer Begleiter durch die Einsamkeit gewesen. Dann hatten andere Kreaturen sich diesem ersten Weggefährten angeschlossen und Elsa häufig auf ihren Spaziergängen durch das Heideland von Hampstead oder durch die Wälder von Epping begleitet. Zu jener Zeit hatte sich jenes nicht wiedergutzumachende Ereignis zugetragen, das sie das »Opfer« nannte und das sich in ihren Träumen oft wiederholte: der Mord an dem Stadtstreicher Woodford, dessen Mörder nie gefaßt wurde.

Der Himmel über Prag glich einer schwarzen Leinwand, auf der sie ihre Tat noch einmal erlebte. Dumpfe Trauer erfaßte sie und vermischte sich mit ihrer Enttäuschung über ihre unerwiderte Liebe zu Clive. Am liebsten hätte sie geweint, doch wie immer gelang es ihr nicht, so als hätte sich ihr Herz in jener Nacht für immer verhärtet. Aber wie war es dann möglich, daß sie zu diesem unvernünftigen Gefühl, das sie für den unnahbaren Jungen empfand, fähig war? Sie konnte und wollte das nicht verstehen. Sie hatte wieder schreckliche Kopfschmerzen.

Wenige Schritte von ihr entfernt lag Clive und war eingeschlafen. Mit einer Hand hielt er sein Buch fest, und sie hörte seinen regelmäßigen Atem. Sie legte sich hin, ohne ihn eines einzigen Blickes zu würdigen.

Sie drehte sich zur Wand, schaltete ihre Nachttischlampe an und öffnete das in Paris gekaufte Buch, dessen erste Kapitel sie bereits am Flußufer verschlungen hatte: Lotte Eisners Monographie über F. W. Murnau, den Regisseur von *Nosferatu* und *Tabu*. Als sie das Buch aufschlug, fiel ein Stück Zeichenkarton heraus. Sie konnte sich nicht erinnern, es als Lesezeichen zwischen die Seiten gesteckt zu haben. Mit blauer Tinte und in einer ihr unbekannten Schrift standen darauf folgende Worte geschrieben:

PRAG IST VOLLER GEHEIMNISSE
UNTER DEM DECKENGEWÖLBE DES SLAVIA

Zweites Kapitel

»English breakfast?« fragte der perfekte Oberkellner mit einem Lächeln, das Elsa ärgerte. Clive und sie waren spät aufgestanden, und während der Junge sich noch lange unter den Laken geräkelt hatte, war sie schnell unter die Dusche gesprungen. Sie hatte gespürt, daß ein heimtückischer Migräneanfall sich ankündigte, und wußte, daß eiskaltes Wasser ein gutes Heilmittel dagegen war. Als sie wieder klaren Kopf hatte, dachte sie an das Stück Zeichenpapier und die mysteriöse Botschaft.

Am Frühstückstisch zeigte sie es Clive, der sogleich den Mund verzog:

»Ein Witz. Ich kenne die Schrift nicht. Vielleicht hast du es selbst geschrieben, im Schlaf...«

Seine Stimme klang irgendwie verächtlich, und der lässige Ton machte Elsa noch wütender:

»Nein, Clive, ich war es nicht. Wer dann?«

Sie schämte sich ihrer Stimme mit dem typischen Vorstadtakzent und sah sich nach allen Seiten um. Doch die wohlhabend aussehenden Paare achteten nicht auf sie.

Zerstreut und mit einer Unbekümmertheit, um die das Mädchen ihn beneidete, strich Clive Butter auf seine Toastscheibe, während Elsa ständig an dem Zettel herumfingerte.

»Wer kann das wohl getan haben? Wir sind in Prag noch

niemandem begegnet. Sag mal, Clive, das Slavia ist doch dieses große Café, an dem wir vorbeigegangen sind, als wir vom Wenzelsplatz kamen?«

Der Junge nickte, hob seine Teetasse und trank mit geschlossenen Augen. Bestimmt hatte er diese Gesten von seiner Mutter. Elsa fühlte sich immer weniger wohl in ihrer Haut. Ein Schraubstock drückte auf ihre Schläfen, und plötzlich hatte sie Lust, einfach aufzustehen, diesen feindseligen Ort zu verlassen und in die Stadt zu laufen, wo die Spuren ihrer bevorzugten Alpträume sie erwarteten. Doch dann beruhigte sie sich und öffnete das Buch, das neben ihr lag – das Buch, in dem sie den Zettel gefunden hatte –, und vertiefte sich in die Lektüre des Textes über die Dreharbeiten zu *Der letzte Mann* von Murnau.

Am Vormittag beschlossen sie, den jüdischen Friedhof von Josefov zu besuchen. Sie verließen das Hotel und überquerten die Karlsbrücke, die an diesem unerwartet sonnigen Tag von Touristenmassen belagert wurde. Es waren viele junge Leute ihres Alters darunter, die Elsa und Clive bestimmt für ein ganz gewöhnliches Paar hielten. Allmählich ließen die Kopfschmerzen nach, und Elsa sog die frische Luft ein.

Als sie den Friedhof betraten, der in ein eigenartiges, grünes Licht getaucht war – genau das Licht, das sich ein talentierter Regisseur mit Sicherheit gewünscht hätte, um die Magie dieses Ortes besser zur Geltung zu bringen –, haftete Elsas Blick auf den Grabsteinen, die sich in Reihen angeordnet den Ästen der großen, kahlen Bäume auf unheimliche Weise entgegenstreckten.

Clive suchte nach dem Grab des Rabbi Loew, und als er es gefunden hatte, pflanzte er sich in äußerst arroganter Haltung davor auf. Ohne sich um die Leute zu kümmern, die sich in einer gewissen Andacht um das legendäre Grab versammelt hatten, sagte er mit ironischem Unterton:

»Rabbi, sag uns, wer die Botschaft geschrieben hat, die Elsa gestern abend in dem Buch gefunden hat.«

Es war der jungen Frau ungeheuer peinlich. Ein Jugendlicher, der neben ihr stand, begann laut zu lachen, während eine Deutsche mit strenger Miene Clive einen erzürnten Blick zuwarf. Das Benehmen des jungen Engländers war in der Tat dazu angetan, die zu schockieren, die sich vor dem Grab des Meisters des Golems versammelt hatten. Elsa zog Clive am Ärmel seiner Jacke mit sich fort.

Sie gingen um diesen seltsamen, zwischen hohen Mauern eingeschlossenen Friedhof herum und suchten den Boden dessen ab, was in ihren Augen der Drehort des phantastischsten Films des Expressionismus hätte sein können, als sich ihnen plötzlich die Notwendigkeit zu innerer Sammlung aufdrängte. Elsas Kehle war wie zugeschnürt, und sie hielt immer noch Clives Arm fest, so als wollte sie einer weiteren ungebührlichen Geste dieses Jungen, der vor nichts Respekt zeigte, zuvorkommen. Tief in ihrem Innern verspürte sie das eigenartige Gefühl, von Hunderten, ja, von Tausenden von Augen beobachtet zu werden, doch als sie den Kopf wandte, sah sie, daß das nicht der Fall war. Die Besucher des jüdischen Friedhofs von Prag interessierten sich nicht im geringsten für diese beiden jungen Engländer, die langsam an den Grabsteinreihen entlangspazierten. Nein, die vielen tausend Blicke kamen anderswoher, es waren die Blicke einer Welt in Schwarzweiß, die nur in Elsas fieberndem Hirn existierte und der die Magie des Ortes zu neuem Leben verhalf. Sie erinnerte sich an einen Satz aus dem Buch *Die Klassiker des Horrorfilms*: »Beim geringsten Befehl des Regisseurs reagieren alle diese Gestalten des Grauens wie Golems. Sie sind wie verzaubert von dessen Arbeit und vergessen darüber zu essen und zu schlafen, so daß ihre Magerheit, ihre hohlen Augen, ihr völlig verstörtes Aussehen ihre Beteiligung an der Verwirklichung des Meisterwerkes noch wirkungsvoller werden lassen.«

Weder Clive noch Elsa hatten das Gesicht bemerkt, das in einer der Öffnungen der Mauer, die den Friedhof zur Flußseite abgrenzte, aufgetaucht war. Das Vollmondgesicht eines alterslosen Mannes mit kurzsichtigen Augen, die hinter dicken Brillengläsern blinzelten.

Sie gingen um das Totenlabyrinth herum, erreichten das Tor und gelangten zurück auf die Straße mit den Verkaufsständen. Einige boten Nachbildungen des Golems aus Ton zum Verkauf an. Kurz darauf betraten sie eine Buchhandlung, und plötzlich erinnerte sich Elsa an das kleine rechteckige Papier und zog es aus der Jackentasche.

Clive begann zu lachen:

»Das läßt dir einfach keine Ruhe, wie? Ich nehme an, als nächstes machst du den Vorschlag, auf einen kurzen Abstecher ins Slavia zu gehen...«

Elsa wurde rot vor Zorn. Clive brachte es fertig, grundlos verletzend zu sein. Doch vielleicht hatte er tatsächlich allen Grund, seine Begleiterin für töricht zu halten.

»Ich kann nichts Schlimmes daran finden, in dieses Café zu gehen und etwas zu trinken. Gestern morgen hast du selbst gesagt, daß du solche Orte sehr magst.«

Sie gingen zur Uferstraße zurück, die nun mit Autos und Touristenbussen überfüllt war.

Auf der Höhe der Karlsbrücke wurde es immer schwieriger voranzukommen, so dicht war hier die Menschenmenge. Junge Männer in alten Klamotten der US Army sangen Beatles-Lieder und spielten Gitarre. Auch Clive begann zu singen. Er blieb kurz stehen, doch Elsas mahnender Blick veranlaßte ihn weiterzugehen.

Elsa schaute zur anderen Flußseite hinüber, zu den verschachtelten Dächern von Mala Strana. Das Geheimnis dieser Stadt ist unergründlich, dachte sie, doch gleichzeitig erinnerte sie sich an die zwölftausend Gräber auf dem jüdischen Friedhof. Dieses Bild wurde von anderen Bildern, von Filmbildern überlagert. Einige Sekunden lang schloß sie die Augen. Ihre Schläfen pochten wieder.

Sie ging schneller, um Clive einzuholen, der mit eiligen Schritten auf das große Theater zuging, dessen goldenes, helmartiges Dach wie tausend Flammen funkelte.

Das Café Slavia, einst Schlupfwinkel der Prager Intellektuellen und nun von Japanern, Amerikanern und auch von nostalgischen deutschen Touristen belagert, lag dem monumentalen Eingang des Theaters gegenüber. Elsa und ihr Begleiter mußten sich gut eine Viertelstunde gedulden, ehe sie an einem kleinen Tisch hinter dem großen Fenster Platz nehmen konnten. Ein dickes Mädchen mit sehr roten Wangen schob eine Art Schubkarre mit Feldblumen über den Bürgersteig.

»Schau«, sagte Elsa und zeigte mit dem Finger auf das Mädchen, »man könnte es für das Blumenmädchen aus *Freudlose Gasse* halten!«

Sie bestellten Milchkaffee und Apfelstrudel.

Clive zog das Buch über Murnau aus seiner Jacke und legte es vor sich auf den Tisch. Seit sie das Slavia betreten hatten, summte er mit halb geschlossenen Augen vor sich hin.

Allem Anschein nach hatte er bereits am Morgen beschlossen, sich nur mehr lächelnd und singend auszudrücken, doch dieses Verhalten überraschte Elsa nicht. Dennoch war sie davon überzeugt, daß Clive dem Zauber dieser Orte auf seine Weise erlag. Je mehr er vorgab, sich von der Wirklichkeit losgelöst zu haben, um so tiefer drang er, dessen war sie sicher, in die Geheimnisse des Unsichtbaren vor. In diesem Moment war sie schrecklich neidisch auf ihn, weil es ihr nicht gelang, ihre Gedanken von diesem düsteren, aber bestimmt bedeutungslosen Geheimnis des Zeichenkartons zu lösen. Als sie sich in London, in einem kleinen Büro der Zeitung, bei der Clive arbeitete, auf ihre Reportage vorbereitet hatten, war die Vorstellung, London zu verlassen, ihr beängstigend vorgekommen. Doch Clive hatte sich ein wenig über sie lustig gemacht und ihr versichert, daß sie nichts zu befürchten hätte.

Die ersten Tage in Paris, Brüssel und Wien waren vergangen wie im Traum. Doch anschließend überschattete eine dumpfe Angst die Abende, an denen der Junge sich plötzlich zurückzog, so als würde Elsas Anwesenheit der Befriedigung seiner Phantasien im Wege stehen. Vor allem befürchtete die junge Frau, ihm zur Last zu fallen, was sie Clive auch gesagt hatte. Doch Clive konnte darüber nur lachen.

Nun, in seine Lektüre vertieft, hatte er diesen Spleen der vorangegangenen Tage offenbar überwunden. Elsa sah sich um. In der angenehmen Wärme des großen Cafés verflog ihre Angst allmählich. Sie hörte, wie eine englische Familie voll biederer Begeisterung über ihre Entdekkungen in der tschechischen Hauptstadt sprach, und spürte, wie der Druck auf ihrer Brust sich löste.

Clive hob den Kopf und las mit lauter Stimme:

»Murnau filmte am liebsten das, was sich ihm per Zufall darbot. Etwa den Schatten der auf dem Wasser schaukelnden Blätter, die kleinen Wellen, die sich kräuselten, wenn ein Schiff auf dem See vorbeifuhr, das Funkeln der Sonne auf dieser Oberfläche...«

Elsa wußte nicht, was sie auf Clives unauslöschliches Lächeln erwidern sollte.

»Wieso zitierst du gerade diese Passage?« fragte sie schließlich.

Clives Lächeln wurde eindeutiger, und mit zufriedener Miene ließ er seinen Blick schweifen. Dann starrte er Elsa an und sagte mit zunehmender Arroganz:

»Begreifst du denn immer noch nicht, kleiner Dummkopf? Gerade weil es nichts Besonderes zu bedeuten hat. Ein *Kammerspiel* im Freien, wenn du so willst. Das schlichte Geheimnis der Natur!«

Sie faßte sich wieder:

»Womit wir erneut bei unserem alten Streit angelangt wären! Sobald Lord Jeffrey-Davies geruht, endlich etwas zu sagen, geht es um sehr schwerwiegende ästhetische Probleme.« – Nun lächelte auch sie boshaft. – »Also los!«

Doch Clive hörte ihr nicht zu. Sein Blick war dem eines Jungen in seinem Alter begegnet, der an einem der Nebentische saß und nur auf diesen Augenblick gewartet zu haben schien, um Clive äußerst charmant zuzulächeln und ihm ein kurzes Handzeichen zu geben. Das Gesicht des Jungen war blaß, und seine hellbraunen Haare waren im Nacken zusammengebunden. Seine Kleidung wirkte ausgesprochen elegant und irgendwie romantisch. Elsa reagierte sofort und wandte den Kopf in die Richtung, in die auch Clive unentwegt starrte. Seinem Gesicht war keine wirkliche Überraschung anzusehen. Er schien diesen Augenblick beinahe geheimnisvoller Komplizenschaft vielmehr auszukosten. Nach einer Minute jedoch, und so, als wollte er auf die stumme Frage in Elsas Gesicht endlich eine Antwort geben, wurde er allmählich ungeduldig. Schließlich schien er nicht mehr an dem Jungen interessiert zu sein und wandte sich erneut seiner Freundin zu:

»Ich habe das Gefühl, du bist allzusehr auf die Kulisse fixiert, meine Liebe. Doch das, was wir suchen, sind vielmehr Eindrücke, Gefühle, die beim Kontakt mit den Kulissen unserer Lieblingsfilme entstehen. Ich spüre schon, daß die Lage sich zuspitzt. Du bist wie ich, denn auch du glaubst an das Übernatürliche... Elsa, hörst du mir überhaupt zu?«

Nein, das Mädchen hörte ihm längst nicht mehr zu. Mit Tränen in den Augen fühlte sie, wie die Eifersucht sie überkam, während der nur wenige Meter von ihnen entfernt sitzende Junge plötzlich genau jene schmerzvolle Gefahr darzustellen begann, vor der sie sich in ihrem Inneren so sehr fürchtete. Mit ihrer ganzen Kraft wehrte sie sich gegen diese unerträgliche Bedrohung.

»Hast du darauf nichts zu sagen?« fragte er und legte eine Hand auf ihren Unterarm.

In diesem Augenblick und ebenso rasch, wie sie über sie gekommen war, verwandelte sich ihre Verwirrung ins genaue Gegenteil und befreite sie von ihrer Angst. Unverzüglich vergaß sie alles, was ihr Gleichgewicht bedrohte, und begann ein engagiertes Plädoyer für das »Theater der Schatten«.

★

Nachdem Elsa und Clive das Café Slavia kurze Zeit später verlassen hatten, machten sie sich auf die Suche nach einem Taxi, das sie zum Strahov-Kloster bringen könnte. Fast zwanzig Minuten warteten sie im kühlen Luftzug an der Ecke des Theaters, während Clive heftig auf die Touristen schimpfte, die entweder schneller oder hartnäckiger waren als sie selbst. Der Junge mit dem Pferdeschwanz ging an ihnen vorbei und warf Clive einen durchdringenden Blick zu, den dieser mit einem Lächeln erwiderte. Schließlich gelang es ihnen, einen zögernden Taxichauffeur dazu zu überreden, sie nach Strahov zu fahren.

Im Innern des friedlichen Klostergeländes fegte ein ärmlich gekleideter Mann die Schwelle des Gebäudes, in dem die theologische Bibliothek untergebracht war und wo – nach den Worten der Filmhistorikerin Lotte Eisner – mehrere Szenen des *Alchimisten Bernold* gedreht worden waren. Weder Clive noch Elsa hatten diesen Film des geheimnisumwitterten Regisseurs Karela gesehen, doch die Fotos, die in einem der Eisner-Bücher abgedruckt waren und die das mit Hilfe außergewöhnlicher Beleuchtungen gefilmte Bücherlabyrinth zeigten, hatten beide sehr beeindruckt.

Der Himmel war bedeckt, und ein immer kühler werdender Wind wirbelte den Sand in den Alleen auf. Sie betraten die Vorhalle der Bibliothek, zahlten einer fürchterlich schielenden Frau das Eintrittsgeld und gingen, inmitten der feierlichen Stille dieses Ortes, an den Vitrinen entlang, in denen ausgestopfte Fische und Muscheln aus der Südsee ausgestellt waren. Staubgeruch schnürte ihnen die Kehle zu. Am Ende des Korridors, beim Anblick der barocken Innengestaltung, stieß Clive einen leisen Freudenschrei aus. Die Perspektive, die sich hier ihrem Blick darbot, hatte etwas Irreales. Sie fühlten sich geradezu erdrückt von dem riesigen Saal, der noch höher wirkte durch die unzähligen Regale voller Bücher, von denen die ältesten in weißliches Pergamentpapier gebunden waren. Ein zwischen die beiden Pfosten der weit geöffneten Tür gespanntes Seil hinderte sie weiterzugehen, und dieses Verbot verstärkte noch den Respekt, den dieser Raum ihnen einflößte. Als sie nach oben schauten, entdeckten sie die biblische Freske – eine Engelsschar vor himmlischem Hintergrund –, die die Perspektive erneut veränderte und den Blick auf die Unendlichkeit freigab.

Als sie abends wieder in ihrem Hotel waren, gab Clive mit vor Ergriffenheit zitternder Stimme zu, daß er die Bücher und Manuskripte der theologischen Bibliothek gerne in Händen gehalten hätte.

Elsa entgegnete:

»Man könnte meinen, dieser Ort hat dich stärker beeindruckt als die ›ehrwürdigen Stätten‹ des Mysteriums, wie du sie genannt hast.«

Er zuckte mit den Schultern.

»Seit heute morgen haßt du mich wegen des jungen Mannes im Slavia. Weißt du, er hat etwas mit dem Zettel in deinem Buch zu tun.«

Völlig verblüfft sah Elsa ihn an, während ihr Herz schneller zu schlagen begann.

»Willst du damit sagen, daß er das getan hat? Aber wann hast du ihn denn kennengelernt?«

Elsa schlug die Augen nieder, als Clive mit heiterer Stimme antwortete:

»Auch ich habe meine Geheimnisse. Nun, er ist ein Student aus Deutschland, der mit uns im Zug von Wien nach Prag saß. Während du geschlafen hast, haben wir miteinander Bekanntschaft geschlossen und uns versprochen, uns wiederzusehen. Gestern abend habe ich ihn in seinem Hotel angerufen. Er glaubt nämlich, wir seien ein Paar, und ich wollte ihn über diesen Irrtum aufklären.«

»Aber das ist doch vollkommen absurd. Ich bin ganz sicher, daß er dieses Papier nicht in das Buch gesteckt hat. Wie hätte er das denn anstellen sollen?«

Clive lag auf seinem Bett. Plötzlich sprang er auf, so als hätte er mit einem Mal die Nerven verloren.

»Ist mir doch egal. Wenn du mir versprichst, keine Szene zu machen, werde ich zu ihm ins Europa gehen.«

Ihr fiel keine passendere Antwort ein als die, die sie sogleich wieder bereute:

»Er ist ein Junge aus guter Familie. Mit ihm wirst du dir weniger fremd vorkommen als mit mir.«

Als Clive das Zimmer ohne ein weiteres Wort verlassen hatte, stellte Elsa sich ans Fenster, starrte auf den Turm der Karlsbrücke und träumte von den Figuren eines Drehbuchs, das sie eines Tages vielleicht schreiben würde.

Drittes Kapitel

Schwere, tiefhängende Wolken, die von einem heftigen, noch kühleren Wind als tags zuvor gejagt wurden, belebten die Oberfläche des Flusses auf der Höhe der Jirasek-Brücke.

Elsa, Clive und Bert waren soeben aus der Seilbahn gestiegen, die Mala Strana mit dem auf den bewaldeten Höhen der Stadt gelegenen Belvedere verband. Die beiden Jungen gingen voraus, und Elsa beobachtete sie mit einem träumerischen, gezwungen teilnahmslosen Blick. Innerhalb weniger Stunden hatte sich ihr Verhalten merklich verändert. Bert war ganz anders, als sie sich vorgestellt hatte. Er war ein romantischer, femininer, jedoch ganz und gar nicht gezierter Junge, der ihr erzählte, daß er nach Prag gekommen war, um einer Konzertreihe anläßlich des hundertfünfzigsten Geburtstags von Anton Dvořák beizuwohnen. Bert war Clives Zauber erlegen, und Clive seinerseits hatte der Schönheit des achtzehnjährigen Deutschen nicht widerstehen können. Elsa hatte ihre Wut und ihre Enttäuschung bald überwunden und war zu Berts Komplizin und Verbündeter geworden angesichts von Clives oft unberechenbarem Charakter.

Sie überholte die beiden und deutete auf die Dächer des Museums auf der anderen Seite der Brücke. Mit sanfter Stimme und in perfektem Englisch sagte Bert, daß er um halb fünf zu einem Konzert gehen müsse, das in der Nähe des Wenzelsplatzes stattfinden sollte, und schlug vor, sich anschließend in der Bar des Hotel Europa zu treffen.

Mit knappen und zärtlichen Handbewegungen, die alle drei – zu Elsas größter Freude – auf die gleiche Gefühlsebene stellten, verabschiedeten sie sich. Eine Gruppe junger tschechischer Touristen beobachtete sie mit neidvoller Neugier und entfernte sich in gleicher Richtung wie Bert. Clive und Elsa blieben allein zurück, während Bert hinter einer Häuserzeile mit kunstvoll verzierten Fassaden verschwand.

In der stickigen Atmosphäre eines Kellers im Stadtzentrum, wo sie winzige Sandwiches aßen und Cola tranken, wurden sie erneut von ihrer Leselust gepackt. Elsa schlug das Buch in französischer Sprache auf, in dem das Stück Papier mit der eigenartigen Botschaft ihr als Lesezeichen diente. Sie steckte den Zettel in ihre Tasche und war erleichtert, daß ihr Freund nichts davon bemerkt hatte. Sie war jetzt sicher, daß es nicht Berts Handschrift sein konnte. Die Vorstellung, einer Bedrohung ausgesetzt zu sein, ließ ihr Herz schneller schlagen – ja, es mußte sich um eine undeutliche Gefahr handeln, um eine Gefahr, die direkt mit dieser Stadt zu tun hatte, in der sie nach den Zeichen jener so sehr bewunderten ästhetischen Angst suchten, die im Vorführraum des British Film Institute geboren und im Verlauf ihrer Lektüre und der angeregten Gespräche immer stärker geworden war.

Rasch blätterte Clive die letzten Seiten der Murnau-Monographie um. Eine blonde Haarsträhne hing ihm in die Stirn. Elsa hingegen hatte Mühe, sich auf das Buch zu konzentrieren, weil sie unaufhörlich von den verrücktesten Vorstellungen abgelenkt wurde. Weder sie noch Clive bemerkten den Mann, der sie schon durch die Friedhofsmauer beobachtet hatte und der nun im schäbigen Licht der Taverne mit der niedrigen, gewölbten Decke an ihren Tisch kam.

Er war klein, eher korpulent und trug einen schwarzen Mantel mit hochgeschlagenem Kragen. Einige Sekunden lang blieb er, die Hände in den Hosentaschen, an ihrem Tisch stehen und starrte sie mit seinen kurzsichtigen Augen an. Dann begann er auf englisch mit ihnen zu reden, was Elsa zusammenzucken ließ.

»Mr. Jeffrey-Davies, Miß Hilbrett, gestatten Sie, daß ich Sie störe...«

Gleichzeitig hoben sie den Kopf und schauten den Mann an. Elsa merkte, daß Clive ein Lächeln andeutete, so als hätte er instinktiv geglaubt, Bert stünde neben ihnen und hätte seine Stimme verstellt, um sie zu überraschen. Doch das war nicht der Fall: vor ihnen stand der perfekte Unbekannte, ein etwa sechzigjähriger Mann mit rundlichem Gesicht und schmalen Augen, den sie zunächst für einen Polizisten hielten.

»Entschuldigen Sie bitte, daß ich Sie so überfalle. Ich würde mich gerne mit Ihnen unterhalten...«

Der Tonfall des Mannes war keineswegs der eines Polizisten. In seiner Stimme liegt etwas Flehendes und gleichzeitig Zuvorkommendes, dachte Clive.

Er forderte den Mann auf, Platz zu nehmen, und sagte in der Art eines Sohnes aus guter Familie:

»Ich bitte Sie, nehmen Sie Platz, mein Herr. Wieso wissen Sie, wer wir sind? Sind wir hier etwa bekannt?«

Der Mann mit dem runden Gesicht lachte leise und zufrieden.

»Die üblichen Verstrickungen. Einige Buchhändler haben mir von Ihnen erzählt. Der Anruf eines Freundes aus Wien hat mich davon in Kenntnis gesetzt, daß Sie sich für unsere kulturelle... und unsere kinematographische Vergangenheit interessieren.«

Elsa und Clive sahen sich fragend an. Irgendwie klang diese Erklärung romanhaft, ein wenig unglaubwürdig, und sie konnte die beiden nur zur Hälfte überzeugen.

»Ich verstehe«, sagte Clive und senkte den Blick. »Haben Sie etwa den Zeichenkarton in das Buch gesteckt?«

Der andere schien etwas verlegen zu sein.

»Ja, ich wollte Sie bereits im Slavia ansprechen, doch dann bot sich mir dort keine passende Gelegenheit. Ich wollte mit Ihnen sprechen, ohne daß Zeugen zugegen sind...«

Elsa fühlte plötzlich äußerste Erregung.

»Haben Sie uns wichtige Dinge zu sagen?«

Der Mann beugte sich nach vorne und rückte die Brille auf seiner Nase zurecht.

»Ja, Miß. Dinge, die mir ganz besonders am Herzen liegen und die auch Sie begeistern dürften. Aber ich finde, wir sollten an einem anderen Ort darüber sprechen, falls Sie nichts dagegen haben?«

Als sie die Karlsbrücke überquerten, begann es zu regnen. Da sie nebeneinandergingen, konnte Elsa deutlich hören, wie der Mann auf englisch sagte:

»Nachdem sie die Brücke überquert hatten, griffen die Gespenster an.«

Mit diesen Worten zitierte er einen der berühmtesten »Zwischentitel« aus *Nosferatu*, und darüber empfand sie eine geheime Freude. Allmählich begann das rätselhafte Verhalten des Mannes seine Geheimnisse preiszugeben.

Als sie in einem der kleinen Salons des Hotels Zu den Drei Straußen Platz nahmen, erklärte ihnen der Mann, daß in diesem Haus aus dem ausgehenden 16. Jahrhundert zahlreiche berühmte Gäste abgestiegen waren. Nachdem Elsa und Clive zugestimmt hatten, bat er den alten Oberkellner, der ihnen gefolgt war, Kaffee zu servieren.

Dann fragte Clive ohne Umschweife:

»Würden Sie uns nun bitte Ihren Namen sagen, mein Herr?«

Der andere nahm seine Brille ab, und während er langsam die dicken Gläser sauberwischte, antwortete er mit sehr sanfter, beinahe vertraulicher Stimme:

»Ich heiße Miroslav Galeen. Und ich bin sicher, daß dieser Name Ihnen ganz und gar nicht unbekannt ist.«

»Galeen«, rief Elsa. »Sind Sie etwa mit dem Regisseur Henrik Galeen verwandt?«

»Ich bin sein Sohn«, antwortete der andere und setzte seine Brille wieder auf.

Voller Zufriedenheit beobachtete er die Wirkung, die seine Worte auslösten.

Clive lachte schallend, was Elsa sehr peinlich war.

»Der Sohn des Regisseurs von *Der Student von Prag* und von *Alraune*, des Drehbuchautors von *Nosferatu,* von *Golem* und... und von der *Maskierten Frau*! Ich kann es kaum glauben...«

Von diesem Moment an gehörten Elsas Gedanken nicht mehr zur realen Welt. Plötzlich gab es für sie nichts anderes mehr als diese Szene, die stellvertretend war für alle anderen Szenen ihrer Lieblingsfilme und den Mann im Salon als einen der Ihren »wiedererkannte«. Und das Wunderbare daran war, daß sie »Teil« dieser Szene war.

Clive wandte sich ihr zu, so als suchte er eine Zeugin für seine Verwunderung und seine Heiterkeit. Mit belegter Stimme sagte Elsa:

»Welch unglaubliche Begegnung... Ich denke, wir haben keinen Grund an dem zu zweifeln, was Sie sagen.«

Genau das wünschte sie sich von ganzem Herzen. Und auch Clive, dessen spöttische Haltung zu nichts geführt hatte, erhoffte nichts anderes, als sich ihr anschließen zu können.

Der folgende ausführliche Bericht, den Miroslav Galeen ihnen über sein Leben und die Beziehung zu seinem Vater gab, schweißte die beiden jungen Engländer in ihren Herzen und in ihren Seelen noch fester zusammen. In ihren Köpfen tauchten dieselben Bilder auf, als der Mann von seiner Kindheit in Amerika erzählte, die er an der Seite des Mannes verbracht hatte, dessen Schicksal bis heute eines der rätselhaftesten des deutschen Films in der Zeit zwischen den Weltkriegen geblieben ist.

Clive und Elsa hatten beide die wenigen Erläuterungen gelesen, die Galeen gewidmet waren und hinter dessen

Name stets die verwirrende Klammer stand: »(18..? bis 19..?)«. Voller Bewunderung hatten sie die faszinierende Liste der Auszeichnungen studiert, mit denen dieser Künstler dänischer Abstammung bedacht worden war, der wie durch ein Wunder zu den größten Persönlichkeiten des Films zählte. Zunächst war er einige Zeit lang der Freund und Assistent von Max Reinhardt in Berlin gewesen, dann war man in der Schweiz, in England und in Frankreich auf ihn aufmerksam geworden, und schließlich hatte er sich in Deutschland niedergelassen und dort eine Karriere als Schauspieler begonnen.

»Dabei hatte mein Vater eher literarische Ambitionen«, fuhr die sanfte Stimme von Miroslav fort. »Sein eigener Vater, den ich nie gekannt habe, war Dramaturg, und seine ersten Drehbücher gab Henrik Paul Wegener zu lesen, der, wie Sie sicher wissen, als Schauspieler und als Regisseur ein bedeutender Mann für die Entstehung der expressionistischen Bewegung war. Daraufhin bestand Wegener darauf, sich die Dienste meines Vaters als Autor der Drehbücher der nächsten Filme zu sichern, die er plante. 1914 kamen beide hierher nach Prag, um die Dreharbeiten zu *Golem* vorzubereiten. Natürlich spreche ich von der ersten Version dieses Films. Bis dahin arbeitete Wegener mit Hans-Heinz Ewers zusammen, den er jedoch für zu literarisch hielt. Meiner Meinung nach war Ewers ein Verrückter! Mein Vater und Wegener gaben ein wunderbar aufeinander eingespieltes Team ab. Sie ließen die geplanten Drehorte auf sich wirken, sammelten Unmengen von Texten und Illustrationen, betrieben Quellenforschung. Sie waren geradezu verzaubert von der Legende des Rabbi Loew, und in dieser Begeisterung verfaßten sie das Drehbuch zu *Golem*. Nach diesem ersten Erfolg, einem Meisterwerk des ›künstlichen Zauberspiels‹, wie ein französischer Kritiker damals schrieb, kam es zwischen den beiden zu Eifersüchteleien. Mein Vater war nur am Phantastischen interessiert, während sich Wegener grundsätzlich dagegen sträubte, expressionistische Filme zu drehen. Schließlich trennten sie sich, und Galeen beschloß, auf eigenen Füßen zu stehen. Er konnte sich das erlauben. 1917 lernte er Murnau kennen, der ihn im Sommer in seine Villa in Grünwald einlud. Gemeinsam begannen sie, mehrere Drehbücher zu schreiben, bei denen Murnaus Lieblingsschauspieler Conrad Veidt jeweils die Hauptrolle spielen sollte. 1922 drehten sie *Nosferatu*, eine sehr freie Bearbeitung des Romans von Bram Stoker, die ihnen übrigens einen Prozeß einbrachte. Lotte Eisner schrieb, daß die Bilderfolge dieses Films ›voller Poesie und Rhythmus‹ sei. Es ist in der Tat ein wahres Wunderwerk, wie Sie selbst wissen. Dennoch brach mein Vater die Zusammenarbeit mit Murnau bald darauf ab, da dieser mittlerweile dem Talent jener Streberin namens Thea von Harbou, der Frau von Fritz Lang, erlegen war. Sie sollte für ihn das Drehbuch zu *Phantom* schreiben, während Galeen sich nach einem anderen Partner umsah. Zudem träumte er zu jener Zeit bereits davon, seine Drehbücher selbst zu verfilmen. Seine Begegnung mit Paul Leni im Jahr 1923 führte zu einem Film, der auf einer Reihe von Erzählungen des Romanciers Gustav Meyrink basierte: *Das Wachsfigurenkabinett*. Leni war Maler, und mein Vater fand, er würde seine eigenen Vorstellungen allzusehr verzerren. Kurz darauf trennten sie sich, um sich viel später in Amerika wiederzubegegnen.

Filmhistorikern – wie etwa Eisner, Kracauer und andern – zufolge ist die 1926 entstandene Neuverfilmung des *Studenten von Prag* der erste Film, den mein Vater realisierte. Ich jedoch kann Ihnen versichern, daß das nicht stimmt – oder besser: daß das eine Lüge ist...«

»Wieso?« fragte Elsa, die höchst stutzig geworden war.

Miroslav Galeen schien tief Luft zu holen. Hinter den Brillengläsern funkelten seine Augen.

»Nun, Miß, weil ich den Beweis dafür habe, daß die Laufbahn meines Vaters als eigenständiger Regisseur bereits 1924 begann, ganz hier in der Nähe...«

Clive begann unverschämt zu lachen:

»Halten Sie uns nur nicht für leichtgläubig, Herr Galeen. Wie Sie wissen, sind wir bestens informiert...«

Galeen nickte mit dem Kopf.

»Sie müssen mir glauben – fürs erste jedenfalls. Und lassen Sie mich Ihnen einige weitere Einzelheiten aus dem ach so wenig bekannten Leben meines Vaters erzählen. Zu Beginn des Frühlings des Jahres 1924 lernte er meine Mutter Helena kennen, die mit ihren Eltern im Josefov-Viertel in Prag lebte. Die alteingesessene Familie Roßmann, so wurde behauptet, war überdies mit dem Rabbi Loew verwandt. Ich habe das nie geglaubt, doch mit seiner Zusammenarbeit mit Wegener machte mein Vater einen wahren Kult aus der Golem-Legende. In ihrer Jugend kannten meine Mutter und ihre ältere Schwester Gabriela einen jungen Mann, dessen Name Sie bestimmt schon gehört haben, denn es handelt sich um Franz Kafka...«

Elsa und Clive zeigten die gleiche Reaktion und wiederholten den soeben ausgesprochenen Namen wie einen Schrei. Diesmal übertraf die Wirkung von Miroslav Galeens Worten alle Erwartungen. Er konnte nicht anders, als diese Wirkung noch weiter zu steigern wie im Theater.

»Ja, meine lieben Freunde, Kafka... Ein großes Genie, das berühmteste aller Prager Genies! Janowitz und Kubin sind heute längst vergessen, doch Franz leuchtet immer noch am Firmament der Literatur. Ja, meine Mutter und vor allem meine Tante Gabriela haben diesen im Verborgenen lebenden, geheimnisvollen Mann gekannt, und ihnen hat Galeen es zu verdanken, daß er Kafka *in extremis* doch noch begegnete.«

»Kafka starb 1924«, bemerkte Elsa schüchtern.

Miroslav sah sie mit verschleierten Augen an.

»Richtig, nur wenige Wochen nachdem mein Vater ihn das erste Mal im Sanatorium von Kierling besucht hatte. Sie führten lange Gespräche miteinander, von denen ich erst viel später, in Amerika, erfuhr. Natürlich übertreibe ich, wenn ich von Gesprächen spreche, denn Kafka konnte zu jener Zeit gar nicht mehr sprechen. Die unerbittliche Krankheit, die ihn quälte, hatte seinen Kehlkopf angegriffen, und so konnten Galeen und er sich in dem kleinen Zimmer des Sanatoriums nur mehr schriftlich verständigen. Kafka hoffte sehnlichst, daß Dora Diamant endlich einwilligen würde, seine Frau zu werden, doch sie stieß ihn auf sehr grausame Weise zurück. Im Verlauf ihrer sogenannten ›Gespräche‹ schien sich sogar herauszustellen, daß Kafka es bedauerte, sich nicht stärker für die

Geschicke seines Landes engagiert zu haben. Doch mehr will ich Ihnen darüber nicht erzählen. Ausgehend von dieser erschütternden Begegnung faßte Galeen sehr bald den Entschluß, einen Film zu machen – seinen ersten Film als Regisseur! Kafka wollte den Schauspieler, der ihn darstellen sollte, aufgrund der Porträts mehrerer junger, von meinem Vater vorgeschlagener Akteure selbst auswählen. Auf seine Bitte hin wurde ein völlig unbekannter Schauspieler engagiert…«

Clive suchte Elsas Blick, doch die junge Frau war wie gelähmt von der Erzählung des Mannes, die sie in eine Art Trance versetzt zu haben schien.

»Und so entstand dieser Film, den niemand je gesehen hat und der das große Geheimnis im Werk Galeens darstellt…«

»Aber was ist aus diesem Film geworden?« fragte Clive mit durchdringender Stimme. »Haben nur Sie ihn gesehen?«

Viertes Kapitel

Die Zeit schien immer schneller zu verstreichen. Miroslav Galeen, der durch seine verständliche Begeisterung wie verjüngt wirkte, bestätigte, daß er im Besitz der einzigen Arbeitskopie jenes Films war, den sein Vater, dieses verkannte Filmgenie, in nur drei Wochen in einem Prager Studio gedreht hatte. Und um den Fragen, die den beiden jungen Leuten im Kopf herumschwirrten, zuvorzukommen, erwähnte er die Möglichkeit einer Vorführung.

Elsa und Clive waren sogleich damit einverstanden; der Gedanke an diesen außerordentlichen Glücksfall, von dem sie an jenem Morgen noch nicht einmal zu träumen gewagt hätten, erregte sie, und so verließen sie zu dritt das Hotel Zu den Drei Straußen, ohne sich um den Regen zu kümmern, der nun stärker geworden war.

»Ich wohne hier ganz in der Nähe«, sagte Miroslav und deutete mit dem Finger auf das Flußufer in Richtung Letna-Anlagen.

Sie gingen an den Fassaden der Häuser mit den seltsamen Dächern und an den Mauern des Wallenstein-Parks vorbei, ließen zu ihrer Rechten die von Regenböen geschüttelten Bäume hinter sich und näherten sich einer Reihe von Lagerhallen, die einen dunklen Block bildeten und bisher noch nie ihre Aufmerksamkeit auf sich gezogen hatten.

Sie patschten durch große, tintenschwarze Wasserpfützen und ließen sich von Miroslav durch die nun vollkommene Dunkelheit führen.

Er öffnete eine klapprige Holztür, die der Wind ihm förmlich aus den Händen riß und gegen die Fassade schlug, die aus geteerten Platten zu bestehen schien. Ohne zu zögern, folgten Elsa und Clive ihm durch einen langen Gang, der von einer dicken, im Luftzug ebenfalls hin und her schwankenden Glühbirne nur schwach beleuchtet wurde. Sie stiegen etwas dreißig Treppenstufen hoch und warteten einige Sekunden im rauschenden Wind, der um die baufälligen Außenwände des Lagers fegte, während Miroslav den Schlüssel im Schloß umdrehte.

Im nächsten Moment befanden sie sich in einem eigenartigen Raum, einer Mischung aus Werkstatt, Bibliothek und ziemlich großem Vorführraum – der des British Film Instituts ist bestimmt nicht geräumiger, dachte Clive.

»Treten Sie ein, treten Sie ein«, sagte Miroslav voller Begeisterung, »damit ich die Tür schließen und diesen schrecklichen Abendwind draußen lassen kann.«

Zögernd betraten sie den Teil des Raumes, der als Besucherzimmer zu dienen schien und in dem eine weiße, einstweilen noch leere Leinwand hing, die an ein riesiges Gemälde erinnerte. Auf beiden Seiten standen Regale, die vom Boden bis zur Decke mit Büchern vollgestapelt waren...

»Nehmen Sie Platz, und machen Sie es sich bequem... In der Zwischenzeit koche ich uns Tee, denn bestimmt werden wir welchen nötig haben!«

Sie sanken in tiefe, starken Modergeruch verbreitende

Sessel. Elsa fröstelte. Die Feuchtigkeit der nahen Flußufer war deutlich zu spüren, doch die Erregung, die sich ihrer bemächtigt hatte, spottete dieses Angriffs der wirklichen Welt.

Clive wandte den Kopf und sah, wie der Mann an einem Samowar hantierte, der auf einem handgefertigten hölzernen Serviertisch stand. Er spürte, wie sein Kopf sich gegen dumpfe Fragen wehrte: Waren sie auf einen Hochstapler hereingefallen? Oder auf einen Verrückten, der sich für den Sohn eines obskuren Regisseurs hält, von dessen Existenz nur wenige Filmkenner etwas wissen?

Als Miroslav mit einer schweren Teekanne in der Hand zurückkam, beschloß Clive, sich dem gegenwärtigen Zauber einfach hinzugeben.

»Bedienen Sie sich«, sagte der Mann und stellte zwei Tontassen auf den vor den Sesseln plazierten kleinen Tisch. Dann verschwand er erneut im hinteren Teil des Raumes.

»Ich hole die Filmspulen...«

Während Elsa und Clive stumm nebeneinandersaßen, hatten sie das eigenartige Gefühl, in ein Abenteuer geraten zu sein, das sie, wie durch eine Laune des Schicksals, stets von neuem vor eine Kinoleinwand führte. Wären sie ein Liebespaar gewesen, so hätten sich jetzt ihre Hände zwischen den Sesseln dieses merkwürdigen Vorführraums gesucht.

Hinter ihnen schaltete Miroslav das Licht im riesigen Zimmer aus, ging zum Projektor und legte die erste Spule ein.

Er räusperte sich:

»Eines sollten Sie noch wissen. Der Streifen, den Sie jetzt sehen werden, ist nach dem Originaldrehbuch vertont worden, das mein Vater im Sommer 1924 schrieb.«

Diese Worte wurden von den ersten Noten einer packenden, auf einer Filmorgel gespielten Musik übertönt. Gleichzeitig verdunkelte sich die Leinwand, und ein leicht vibrierender Zwischentitel kündigte an:

HENRIK D. GALEEN
PRÄSENTIERT

KAFKA ODER DAS LABYRINTH

Übergangslos folgten die Bilder einer Mauer, und die Musik wurde leiser. Elsa und Clive hielten den Atem an, und es dauerte mehrere Sekunden, bis sie begriffen, daß es sich nicht um eine Mauer, sondern um die Pflastersteine einer Straße handelte. Die Wirkung war durchdringend.

Dann war die schrille, jedoch schöne Stimme einer Frau zu hören:

»Die Nacht schien kein Ende zu nehmen. Wie wir später erfahren sollten, hatte Eduard in diesen letzten Stunden seines Lebens das furchtbarste Entsetzen kennengelernt, das man sich vorstellen kann. Dann war das geschehen, was nicht mehr zu ändern war. Als die Bedrohung schließlich offenbar geworden war, hatte Eduard sich gegen sein Schicksal aufgelehnt. In den frühen Morgenstunden nahm er seine ganze Kraft zusammen und flüchtete quer durch Prag. Doch die anderen ließen nicht so leicht locker, als der müde Gejagte endlich in greifbarer

Nähe war, und am Alsovo-Quai sollte der Tod unseren Freund, unseren Bruder schließlich einholen.«

Auf seiner verzweifelten Flucht lief der Mann am Flußufer entlang, geriet mehrmals ins Stolpern, fiel schließlich auf die Knie und senkte den Kopf, als müßte er sich übergeben. Nur mit größter Mühe gelang es ihm, sich wieder aufzurichten; zunächst ging er ein paar Schritte, dann begann er erneut zu laufen, an den leerstehenden Lagerhallen und den Kränen vorbei. Zwischen den Schienen geriet er wiederum ins Stolpern.

»Der arme Eduard«, fuhr die Frauenstimme fort, »wußte ganz genau, daß seine Stunden gezählt waren. Wie blutrünstige und unerbittliche Hunde waren die anderen ihm auf den Fersen. Sein Schicksal war besiegelt. Über der noch schlafenden Stadt begann es allmählich Tag zu werden. Nur wenige Dutzend Meter von ihm entfernt wachte ein Mann in Eduards Alter, sein Arbeitskollege, aber gleichzeitig auch sein Freund, aus einem nicht weniger grauenhaften Alptraum auf und gelangte allmählich an die Oberfläche einer Welt, deren äußerer Schein in seinen Augen nicht weniger beunruhigend war. Bald darauf stieg Franz Kafka aus seinem Bett, ging unsicheren Schrittes in den kleinen Waschraum neben seinem Schlafzimmer und rasierte dort sein Gesicht mit den großen dunklen und müden Augen. Anschließend kleidete er sich sorgfältig an, richtete den Knoten seiner schwarzen Krawatte, zog seinen Mantel an und verließ seine Wohnung in der Alchimistengasse. Durch die noch wenig belebten Gassen von Mala Strana gelangte er zur Uferstraße und ging von dort auf das Gebäude zu, in dem sich die Büroräume der Versicherungsgesellschaft befanden, bei der Eduard und er als Sekretäre angestellt waren.«

Mit gesenktem Kopf stieg Kafka die Haupttreppe hoch und begegnete mehreren Kollegen, die er respektvoll grüßte. Dann betrat er den riesigen Büroraum, in dem an die hundert Schreibmaschinen geräuschvoll klapperten. Diese Schreibmaschinen standen auf schmalen, in mehreren Reihen angeordneten Schreibtischen. Hinter jedem Schreibtisch saß ein männlicher oder ein weiblicher Angestellter, der ununterbrochen weiterarbeitete. Eine riesige Wanduhr gab die Zeit an: es war acht Uhr dreißig.

Nachdem Kafka Mantel und Hut an einem Kleiderständer abgelegt hatte, ging er an seinen Platz. Um ihn herum herrschte emsige Geschäftigkeit. Blätter wurden in die Schreibmaschinen eingespannt. Andere Blätter wurden mit jähem Ruck herausgerissen, und diese Handbewegungen wiederholten sich unzählige Male. Kafkas Büro war einer der Räume, in denen es keine Schreibmaschinen gab, was vielleicht auf einen höheren Dienstgrad in der Hierarchie hinwies. Kafka setzte sich und begann nachdenklich mit der Spitze eines aus der Schreibtischlade genommenen Bleistifts auf die Schreibtischplatte zu klopfen.

Ein großgewachsener Mann in einem schwarzen Hemd näherte sich Kafka und sagte stirnrunzelnd und mit strengem Blick:

»Kafka! Der Archivar wartet immer noch auf den definitiven Bericht über den Erlanger-Rekurs!«

Der Ton seiner Stimme war drohend. Doch Kafka richtete sich gelassen auf und erwiderte:

»Ich habe ihm den Bericht gestern übergeben, Herr Bürgel.«

»Mir hätten Sie ihn aushändigen müssen!«

»Ich habe ihn auf seinen Schreibtisch gelegt, mein Herr.«

»Haben Sie ihn gesehen?«

»Ich sehe ihn nie, mein Herr.«

Bürgel wurde wütend:

»Gewöhnlich hält er sich im Aktenraum auf. Er braucht Ihren Bericht dringend, um diese Angelegenheit endlich abschließen zu können.«

»Hauptsache ist doch, daß er ihn erhalten hat, finden Sie nicht?«

Während er sprach, hatte Kafka unmerklich in eine Ecke des riesigen Büroraumes hinübergeschaut und dort einen leeren Schreibtisch angestarrt. Von diesem Augenblick an schien er Bürgels Zurechtweisungen, der nun von einem »unverzeihlichen Fehler«, von seiner »Glaubwürdigkeit« und seiner »Rolle als Sekretär« sprach, nicht mehr wahrzunehmen. Bürgel war ganz rot im Gesicht geworden, während Kafka blasser und blasser zu werden schien. Plötzlich sagte er:

»Eduard Raban ist heute morgen nicht zur Arbeit erschienen.«

Da platzte Bürgel vor Wut der Kragen.

In diesem Augenblick wurde die Leinwand von Streifen durchzogen, die Elsa zusammenzucken ließen. Das Filmband glitt aus dem Apparat, und Miroslav fluchte auf deutsch. Ton und Bild setzten gleichzeitig aus, so daß plötzlich wieder der um die Lagerhalle tosende Wind zu hören war. Elsa und Clive sagten kein Wort. Einige Minuten lang machte sich ihr Gastgeber an dem Projektor zu schaffen, doch es schien eine Ewigkeit zu dauern, bis erneut Leben auf die Leinwand kam.

Kafka ging schnellen Schrittes über den Bürgersteig einer schmalen Gasse im Herzen der Altstadt. Er betrat einen Hauseingang und klopfte zaghaft an die Tür der Pförtnerloge. Eine merkwürdige Stimme fragte, worum es sich handele. Kafka entschuldigte sich zunächst für die Störung. Dann wurde die Tür geöffnet, und eine alte Frau trat wütend heraus.

»Sie kommen bestimmt wegen diesem verfluchten Raban. Vorhin war bereits eine junge Frau hier. Was wollen Sie von ihm?«

»Ich mache mir Sorgen um ihn. Er ist heute morgen nicht an seinem Arbeitsplatz erschienen.«

Unter ihrem dicken Schal zuckte die Alte mit den Schultern.

»Vielleicht ist er krank. Aber das geht mich nichts an. Ich verlange lediglich, daß die Miete pünktlich bezahlt wird.«

Kafka tat so, als sei er überrascht.

»Darf ich... vielleicht... hinauf auf sein Zimmer, um nachzusehen...«

Er schien Angst vor dieser alten Frau zu haben, die nun aufgeregt mit einer Hand hin und her fuchtelte:

»Diesmal werde ich selbst nachsehen. Folgen Sie mir, wenn Sie wollen!«

Kafka ließ sich nicht lange bitten. Doch Eduards Zimmer war leer, das Bett unberührt, seine Sachen lagen ordentlich an ihrem Platz.

Die Fäuste in die Hüften stemmend, bemerkte die Alte boshaft, der junge Mann hätte auswärts geschlafen und würde am Nachmittag bestimmt wieder auftauchen.

Dennoch war Kafka besorgt, als er sich wortlos entfernte, die Treppe hinunterstieg und durch die Vorhalle wieder auf die Straße trat.

Später verließ er seinen Schreibtisch und den ohrenbetäubenden Lärm der Schreibmaschinen und begab sich in eine andere Abteilung der Versicherungsgesellschaft. Offensichtlich suchte er jemanden, und als er einer sehr hübschen jungen Frau begegnete, die einen Stapel Dossiers auf den Armen trug, zwang er sich zu einem Lächeln und sagte:

»Sie sind Fräulein Roßmann, nicht wahr?«

Teils erstaunt, teils beunruhigt sah sie ihn an, so daß Kafka sogleich hinzufügte:

»Ich arbeite eine Etage höher... Ich weiß, daß Sie mit Eduard Raban befreundet sind...«

»Ach ja?« murmelte sie wie mit Bedauern oder mit größtem Mißtrauen.

Kafka kratzte sich am Kopf.

»Ich bin sicher, daß er mir von Ihnen erzählt hat.«

Die junge Frau ging zu einem Abstelltisch, wo sie die Ordner ablegen konnte. Sie versuchte Kafkas Blick auszuweichen.

»Es tut mir leid«, fuhr dieser fort, »aber Sie können mich nicht von der Idee abbringen, daß...«

In diesem Augenblick drehte Gabriela Roßmann sich um, trat ganz nah an Kafka heran, beugte sich zu ihm und flüsterte ihm ins Ohr:

»Ach, Franz, habe ich dir nicht schon hundertmal gesagt, wie gräßlich dieser Anzug ist?«

Kafka saß an seinem Schreibtisch und war über seine Papiere gebeugt, als der jähzornige Bürgel sich ihm näherte.

»Ich habe genau aufgepaßt: Sie sind wieder zu spät gekommen!«

Ohne zu antworten, verließ Kafka seinen Platz und ging – wie von einem plötzlichen Einfall angetrieben – zum Schreibtisch von Eduard. Bürgel folgte ihm mit hochrotem Kopf. Ein Mann, der sich hinter einem Einwegspiegel versteckt hielt, ließ die beiden nicht aus den Augen und hielt in seinem Notizbuch die geringsten Bewegungen, jeden Gesichtsausdruck des Angestellten Kafka fest.

Als die Klingel den Feierabend einläutete, zogen die Angestellten der Versicherungsgesellschaft ihre Mäntel an und verließen die Büroräume. Nur Kafka blieb noch längere Zeit an seinem Schreibtisch sitzen, starrte auf den leeren Stuhl seines Freundes Eduard und verließ sein Büro erst, als ihn erneut der Wunsch überkam, seine Nachforschungen über Rabans Verschwinden fortzusetzen.

So kam es, daß Gabriela Roßmann später am Abend sah, wie er das Café Continental betrat und auf sie und ihre Freunde zukam. Die meisten der neben Gabriela sitzenden jungen Leute machten finstere, fast bedrohliche Mienen.

In respektvollem Abstand zu der kleinen, beinahe stummen Gruppe blieb Kafka stehen und wartete darauf, daß die junge Frau ihn den anderen vorstellte. Gabriela lächelte, so als käme Kafkas Verhalten ihr töricht vor. Aber sie kannte ihn so gut, daß diese übertriebene Schüchternheit sie kaum überraschte. Mit trauriger Stimme sagte er:

»Ich mache mir große Sorgen um Eduard. Er ist immer noch nicht auf sein Zimmer zurückgekehrt.«

Gabriela warf einem der neben ihr sitzenden Jungen einen kurzen, verständnisinnigen Blick zu. Dann sah sie Kafka lächelnd an:

»Danke für die Auskunft, Franz.«

Sie schien damit andeuten zu wollen, daß weitere Einzelheiten zu diesem Thema sich erübrigten. So jedenfalls glaubte Kafka ihre Worte zu verstehen und drehte sich um.

Der Junge, der neben Gabriela saß, sagte zu der jungen Frau:

»Was wollte er von dir?«

»Ein Angestellter der Versicherungsanstalt«, antwortete sie, »er weiß von nichts.«

Ein bärtiger junger Mann richtete sich auf der Sitzbank auf und ergriff das Wort:

»Ich habe ihn wiedererkannt. Eduard sagte, daß dieser Mann Schriftsteller ist und uns eventuell helfen könnte.«

Ein anderer erwachte aus einer Art Benommenheit und fügte hinzu:

»Meiner Meinung nach ist das gefährlich.«

Kafka stand immer noch unentschlossen in der Tür des

Café Continental, als ein schlanker junger Mann auf ihn zustürzte:

»Kafka! Bist du eben erst gekommen? Trinkst du einen mit uns?«

»Nein, danke, Friedrich. Es sind wirklich zu viele Leute hier...«

Friedrich packte ihn am Arm, als wollte er ihn zwingen, ihm zu folgen. Da tauchte ein hübsches, blondes Mädchen auf.

»Eine Ausrede mehr, um nach Hause gehen zu können«, sagte sie mit heiterer Stimme. »Findest du nicht, daß du übertreibst, Franz?«

Kafka sah aus wie ein mürrischer kleiner Junge, den man zu Unrecht gescholten hat.

»Aber du weißt doch, daß ich schreibe, Luise!«

Sie kam ganz nah mit dem Gesicht an ihn heran:

»Und woran arbeitest du im Moment? Sag es mir, und wir werden dich in Ruhe lassen, ich verspreche es dir...«

»Ich habe mit einer Erzählung begonnen, in der ein Mann eines Morgens aufwacht und feststellt, daß er sich in ein riesiges Insekt verwandelt hat.«

Luise und Friedrich sahen sich an und begannen inmitten der ein- und austretenden Kundschaft laut zu lachen.

Mit langsamen Schritten ließ Kafka das Café hinter sich und ging zur Straßenbahnhaltestelle unterhalb des Wenzelsplatzes. Ein Mann, der ihm entgegenkam, blieb vor ihm stehen und zwang ihn, den Kopf zu heben.

»Herr Kafka!«

Erstaunt sah Kafka den Mann mit dem schwer abzuschätzenden Alter, den kräftigen Schultern und den groben Gesichtszügen an. Im gelblichen Licht einer nahen Straßenlaterne funkelte der mit Email überzogene Eckzahn des Mannes.

»Erkennen Sie mich nicht wieder?«

»Es tut mir leid, ich weiß wirklich nicht, wer Sie sind.«

»Bizzlebeck.«

Kafka nickte.

»Ach! Jetzt erinnere ich mich... der Totengräber!«

Der andere verzog das Gesicht.

»Ich ziehe Steinmetz vor.«

»Verzeihung.«

»Bildhauer wäre noch besser, verstehen Sie, denn in gewisser Hinsicht betrachte ich mich als Künstler.«

Kafka trat von einem Bein auf das andere, so als wäre diese Unterhaltung mit einem Menschen, den er kaum, ja eigentlich nur vom Namen her kannte, ihm sehr unangenehm.

»Ihre Arbeit ist sehr... öhhh... sehr laut, nicht wahr?«

»Gewiß, aber dieser Lärm ist äußerlich, während es bei Ihnen innerlich dröhnt, habe ich recht?«

Um seinen Worten Nachdruck zu verleihen, tippte er sich leicht mit der Hand an die Schläfe.

Kafka blickte zu Boden, doch der andere ließ nicht lokker, sondern trat näher und fuhr fort:

»Wissen Sie, ich hab nämlich gelesen, was Sie so schreiben. Ihre Geschichten sind wirklich sehr seltsam. Und sehr spannend!«

»Ich frage mich, was Sie denn gelesen haben könnten«, erwiderte Kafka in sarkastischem Ton.

»Nun, alles, was Sie veröffentlicht haben!«

»Aber die Leute lesen doch keine Literaturzeitschriften. Genausogut könnte man alle publizierten Texte in die Keller des Schlosses sperren.«

»Ganz und gar nicht! Sie scheinen zu vergessen, daß gewisse Leute sich sehr wohl für Sie interessieren und Sie im Auge behalten.«

Bizzlebecks Ton hatte sich unmerklich verändert. Im Licht der Straßenlaterne wirkte sein Gesicht nun etwas feiner, und verdutzt mußte Kafka feststellen, daß er einen seiner Leser vor sich hatte.

»Die Nadeln, die den Text des Urteils in die Haut des Verurteilten ritzen, das ist... das ist derart *neu*!«

Im stillen fragte sich Kafka, ob der andere sich nicht bloß lustig über ihn machte. Seufzend knöpfte Bizzlebeck den Kragen seines Mantels zu.

»Ich beneide Sie, Herr Kafka. Ich könnte einen intelligenten Spruch gut gebrauchen, um meine Arbeit etwas beliebter zu machen. Auch ich müßte etwas... etwas Neues finden.«

Nach diesen letzten, ziemlich obskuren Worten entfernte sich der Steinmetz, während Kafka in entgegengesetzter Richtung auf seinem Weg weiterging.

Dann setzte wieder die Frauenstimme ein: »Kafka lebte damals in einem winzig kleinen Haus im Schatten des Schlosses. Die Lampe auf seinem Schreibtisch – einem schmalen Mahagonitisch, auf dem sich die Manuskriptblätter stapelten – brannte bis spät in die Nacht hinein.

An jenem Abend ging der junge Mann an den Quais entlang zur völlig menschenleeren Karlsbrücke, die er entschlossenen Schrittes überquerte, kam an dem Hotel Zu den Drei Straußen vorbei, dessen Fensterläden sorgfältig geschlossen waren, und eilte schließlich die ersten Stufen einer im dichten Schatten der Brückengasse gelegenen, kaum sichtbaren Treppe hinauf.«

Allmählich wurde es Tag, und Kafka schrieb immer noch. Das blasse Licht der Sonne verschmolz mit der ockergelben Farbe des Hauses. »Als Karl... Rudolf... Robert Samsa eines Morgens aus unruhigen Träumen erwachte...« Kafka strich mehrere Vornamen durch. Mit der linken Hand massierte er seinen vom langen Sitzen schmerzenden Nacken, während die andere, nervösere Hand ihm dabei half, die Wörter, die ihm selbst Entsetzen einjagten, aus seiner Phantasie auftauchen zu lassen.

»Karl, oder besser Georg«, murmelte er, »nein... eher Gregor!«

»Als Gregor Samsa erwachte, fand er sich zu einem ungeheuren Ungeziefer verwandelt.« Nein. »Fand er sich in seinem Bett zu einem ungeheuren Ungeziefer verwandelt. Er lag auf seinem panzerartig harten Rücken und sah, wenn er den Kopf ein wenig hob...« Kafka sah, daß es Tag wurde, und wußte, daß er sich bald anziehen und ins Büro gehen müßte.

Fünftes Kapitel

Während der alte Vorführapparat die schwarzweißen Bilder in abgehacktem Rhythmus auf die Leinwand projizierte, konnte Elsa einen Schrei des Entsetzens nicht unterdrücken.

Als Kafka die Tür seines winzigen Häuschens öffnete, standen plötzlich zwei Männer in strenger, beinahe beängstigender Haltung vor ihm. Beide trugen den gleichen schwarzen Anzug, den gleichen schwarzen Filzhut.

Widerstandslos folgte Kafka den beiden Männern, die ihn in ihre Mitte nahmen und ihn durch die Gassen unterhalb des Schlosses an einen Ort führten, den nur sie kannten. Doch je näher sie dem Bestimmungsort kamen, um so präziser ahnte Kafka, wohin sie ihn brachten. Es war kalt an jenem Morgen, und der Atem der drei Männer stieg als weiße Dampfspiralen in die klare Luft.

In der Leichenhalle war die Kälte noch durchdringender und bedrohlicher. Kafka zitterte am ganzen Leib und wußte ganz genau, aus welchen Gründen man ihn hierhergebracht hatte. In der Mitte eines Raums mit weiß gekalkten Wänden stand ein mit einem Leintuch bedeckter Rollwagen. Aus einer Ecke des Raumes ertönte eine unbekannte Stimme, die sich an Kafka wandte:

»Kennen Sie diesen Mann?«

Im selben Moment hob einer der schwarzgekleideten

Männer eine Ecke des Leintuchs hoch, und Kafka erkannte das Gesicht seines Freundes Eduard Raban.

»Eduard«, sagte Kafka bloß.

»Handelt es sich um Eduard Raban?« fragte die Stimme des unsichtbaren Mannes.

Kafka antwortete nicht, hörte jedoch die Schritte des Mannes, der sich ihm von hinten näherte, dann langsam um ihn herumging und ihn dabei zweifellos von Kopf bis Fuß betrachtete.

»Ich bin Inspektor Grubach. Ihr Name ist Kafka, nicht wahr?«

Er nickte mit dem Kopf, ohne den Mann anzuschauen, dessen Gesicht er nicht sehen wollte. Er zog es vor, ihn sich vorzustellen, so wie er es bei einer von ihm erfundenen Figur getan hätte.

Mit leiser Stimme fuhr der Inspektor fort:

»Wann haben Sie ihn das letzte Mal gesehen?«

»Am Mittwoch, als wir zusammen das Büro verließen.«

»Sind Sie anschließend in ein Café gegangen?«

»Nein. Vor der Versicherungsanstalt haben wir uns getrennt. Ich glaube, er ging dann sofort nach Hause.«

Kafka hörte, wie der Inspektor in den Papieren blätterte, die in seinen Händen raschelten.

»Sie sind bei der Arbeiter-Unfall-Versicherungsanstalt angestellt, nicht wahr? Hm! Vor sieben Jahren haben Sie dort angefangen...«

»Nein. Vor genau acht Jahren und sieben Monaten.«

»Sie kümmern sich dort um die Berichte über die Rekurse der Kunden.«

»Ja.«

»Können Sie mir etwas über Ihre Beziehung zu Herrn Raban erzählen?«

»Als er vor drei Jahren bei der Versicherung anfing, wurden wir Freunde...«

Plötzlich veränderte sich Kafkas Ton. Seine Stimme klang beinahe flehend, als er fragte:

»Was ist mit ihm passiert?«

»Man hat ihn im Fluß gefunden. Konnte er schwimmen?«

»Das weiß ich nicht.«

»War er depressiv?«

»Nein, diesen Eindruck hatte ich nie. Glauben Sie, daß er sich umbringen wollte?«

»Ein normaler Mensch stürzt nicht aus Versehen ins Wasser...«

»Ja, da haben Sie recht.«

Mit einer jähen Bewegung schloß der Inspektor das Dossier, das er in der Hand hielt.

»Er muß zu viel getrunken haben und dann hineingesprungen sein.«

In der daraufhin einsetzenden Stille war nur mehr der Atem der vier anwesenden Männer zu hören.

»Dürfte ich erfahren, warum Sie mich herbringen ließen?« fragte Kafka.

»Seine Hauswirtin hat uns von Ihnen erzählt. Gestern waren Sie, wie es scheint, sehr besorgt um das Schicksal Ihres Kollegen.«

»Er war schließlich mein Freund, und er hatte keine Angehörigen.«

»Das wissen wir längst.«

Erneute Stille. Einer der schwarzgekleideten Männer hüstelte. Mit immer noch gesenktem Blick fragte Kafka:

»Ist die Vernehmung damit beendet?«

Inspektor Grubach begann erneut um den reglos dastehenden jungen Mann zu kreisen.

»Nein. Denn wir wissen auch noch andere Dinge...«

Eine Stunde später verließ Kafka ein Büro, dessen Tür hinter ihm von einer unsichtbaren Hand geschlossen wurde. Seine vor Müdigkeit dunkel umrandeten Augen waren die eines völlig verzweifelten Mannes. Er durchquerte eine Art Wartezimmer, das von einem Polizisten bewacht wurde, der mit aufgestützten Ellbogen an einem Pult saß und in einer Zeitung las. Dann wurde die Tür erneut geöffnet, und Inspektor Grubach ging auf Kafka zu, der ihm diesmal direkt in die Augen sah. Mittlerweile hatten sie sich besser kennengelernt, und Grubach sagte in beinahe familiärem Ton:

»Es ist nicht meine Gewohnheit, mich mit den Bewohnern der Altstadt abzugeben, doch ich fürchte, daß der Fluß noch weitere Leichen vor die Tür meines Büros spülen wird.«

»Vermutlich«, sagte Kafka nachdenklich.

Mit besorgter Miene trat der Inspektor näher.

»Ferner sollen Sie wissen, daß ich nicht Ihr Feind bin, auch wenn uns in sozialer Hinsicht alles trennt. Ich schlage vor, Sie betrachten mich als einen Gesprächspartner.«

In diesem Augenblick tauchte, von einem Krankenpfleger geschoben, der Rollwagen mit Eduard Rabans Leichnam auf. Die Räder des Wagens quietschten auf dem Fußboden des Zimmers. Überstürzt verließ Kafka das Kommissariat.

Am Nachmittag desselben Tages wurde Kafka in das Büro des Personalchefs der Versicherungsanstalt bestellt. Dieser bat ihn, Platz zu nehmen, und legte dann unverzüglich los:

»Sie arbeiten nun schon seit fast neun Jahren bei uns, Kafka, und bislang konnten wir uns noch nie über Ihre Mitarbeit beklagen. Allerdings müssen Sie verstehen, daß sich Ihre Rolle in diesem Haus nicht auf die Arbeit beschränken darf. Und in dieser Hinsicht sind wir der Meinung, daß Ihre sozialen Kontakte ein wenig zu wünschen übriglassen.«

»Meine... sozialen Kontakte?«

»Sie sind ein Einzelgänger, Kafka. Ihr Verhalten bereitet uns große Sorgen – mir jedenfalls bereitet es Sorgen, und ich will mir gar nicht vorstellen, was Ihre Kollegen über Sie denken.«

Dann setzte der Personalchef zu einer langen Moralpredigt an, in deren Verlauf er sogar Kafkas Vater erwähnte, den er als eine ehrenwerte und von allen Mitarbeitern der Versicherungsanstalt äußerst geschätzte Persönlichkeit darstellte und an dem sein Sohn sich unbedingt ein Beispiel nehmen müßte. Ferner beklagte er sich darüber, daß Franz seine Mitmenschen einfach zu ignorieren schien.

Sein Blick wurde streng und forschend:

»Dürfte ich erfahren, was Sie während der Mittagspause tun?«

»Ich gehe ans Flußufer, um dort etwas zu essen.«

»Aber Kafka, das ist doch nicht gesund, wie ich auch Ihren Kollegen immer wieder zu sagen pflege. Zudem brauche ich Sie wohl nicht daran zu erinnern, daß Sie beim jährlichen Festessen unserer Gesellschaft nicht anwesend waren?«

»Ich wußte nicht, daß ich dazu verpflichtet bin.«

»Haben Sie sich noch nie gefragt, wieso die meisten Ihrer Kollegen längst befördert wurden, während Sie immer noch denselben Posten bekleiden?«

»Nein, mein Herr.«

»Es spielt nämlich gar keine Rolle, ob Sie nun gute oder schlechte Arbeit leisten, denn mir scheint ohnehin, daß Sie Ihre Tätigkeit in diesem Haus lediglich als eine lästige Pflicht ansehen. Was *uns* ärgert, ist die Tatsache, daß Sie Ihre Präsenz bei uns nicht als eine *Investition* betrachten.«

Kafka wurde von beinahe panischer Angst ergriffen.

»Nun, ich ...«

»O ja«, fuhr der Personalchef fort, »ich weiß sehr wohl, daß Sie eng mit diesem armen Kerl befreundet waren – wie hieß er doch gleich?«

»Eduard ...«

»Genau, Raban. Er war Ihnen sehr ähnlich, fast möchte ich behaupten, daß er noch *schlimmer* war als Sie, denn ihn kannte ich noch *weniger*. Aber ich war mir des Einflusses, den dieser Mann auszuüben vermochte, durchaus bewußt. Nun, ich hoffe, daß Sie eine Lehre aus dem ziehen werden, was Raban zugestoßen ist!«

Einige Sekunden lang starrte Kafka seinem Gegenüber genau in die Augen; dann tat er so, als wollte er sich erheben.

»Kafka...«

Sich verzweifelt die Hände reibend, suchte der andere nach Worten.

»Kafka, ich weiß, daß Sie Ihren schriftstellerischen Aktivitäten viel Zeit widmen. Dürfte ich mir trotzdem erlauben, Ihnen zu einem... wie soll ich sagen... zu einem sportlicheren Hobby zu raten. Es würde Ihren blassen Wangen eine gesündere Farbe verleihen.«

Daraufhin wandte sich der Mann übergangslos den vor ihm liegenden Akten zu, und Kafka begriff, daß das Gespräch hiermit beendet war.

Als er in sein Büro zurückging, begegnete er Gabriela, doch in dem Moment, da er sie ansprechen wollte, tauchte Bürgel auf. Eilig und mit eingezogenem Kopf betrat Kafka den riesigen Saal, in dem das Klappern von hundert Schreibmaschinen widerhallte. Bürgel war unterdessen der jungen Frau gefolgt, und als er an ihr vorbeiging, meinte er, mit einem heuchlerischen Lächeln auf den Lippen:

»Guten Morgen... oder vielmehr: Guten Tag, Fräulein!«

Gabriela zuckte bloß mit den Schultern.

»Sagen Sie, was Sie wollen, es interessiert ja doch niemanden.«

»Sind Sie da so sicher? Mein liebes Fräulein, ich fürchte, Sie machen sich völlig falsche Vorstellungen von mir und meiner Position in dieser Versicherungsgesellschaft.«

»Schauen Sie, daß Sie weiterkommen, Bürgel, und lassen Sie mich in Frieden. Vor allem heute!«

Das Gesicht des Mannes wurde ganz rot.

»Ihre Unverschämtheit scheint mir völlig unangebracht. Ich werde den Personalchef unverzüglich über Ihr Zuspätkommen in Kenntnis setzen. Und dann werden wir sehen, ob sich niemand für das interessiert, was ich sage!«

»Ich hasse Sie, Bürgel!«

»Sie kommen zu spät, Fräulein Roßmann!«

Gabriela setzte der entstandenen Spannung ein jähes Ende, indem sie Bürgel eine Ohrfeige gab, woraufhin dieser vor Verblüffung und Wut nach Luft zu ringen begann. Im nächsten Moment rannte sie mit hochroten Wangen und Tränen in den Augen davon.

Von seinem Arbeitstisch aus hatte Kafka diese Szene ganz genau beobachtet.

★

Die Leinwand wurde erneut weiß, mit großer Geschwindigkeit zogen mehrere Ziffern vorbei, dann wurde sie schwarz, und Elsa und Clive hörten, wie Miroslav Galeen mit schweren Schritten im Zimmer nach hinten ging. Das Licht wurde wieder eingeschaltet, und die beiden jungen Leute sahen sich an, fast so, als wären sie erstaunt darüber, Seite an Seite in dieser eigenartigen Umgebung zu sitzen.

»Es dauert nicht lange«, sagte ihr Gastgeber. »Ich fürchte, mein Material ist nicht gerade das modernste ...«

Als die Filmvorführung weiterging, war zunächst ein kleines Zimmer zu sehen, dessen Wände an das Büro des Personalchefs erinnerten. Darin befanden sich zwei Männer, die sich nicht nur physisch verblüffend ähnlich sahen, sondern auch die gleiche Kleidung trugen. Man hätte sie für ein perfektes Zwillingspaar halten können, doch die Nahaufnahmen ihrer Gesichter zeigten, daß dem nicht so war.

»Das Büro«, präzisierte die Frauenstimme, »war das Büro von Kafka, und die beiden jungen Leute hießen Oskar und Ludwig. Während Oskar völlig ungeniert auf Kafkas Schreibtisch saß und Grimassen schnitt, wühlte der andere hemmungslos in den Papieren auf den nahen Regalen.«

Als Kafka eintraf, setzten die beiden ihr Treiben mit einer Unverfrorenheit fort, die den Hinzugekommenen nicht sonderlich zu stören schien. Er fragte lediglich:

»Ich nehme an, Sie sind meine ›Gehilfen‹?«

Er lächelte ihnen sogar zu, was am Verhalten der Männer allerdings nicht das geringste änderte. Dann fügte er noch hinzu:

»Ich heiße Franz.«

Nachdem sich die beiden ihrerseits vorgestellt hatten, nahm Kafka an seinem Schreibtisch Platz, von dem Oskar eben heruntergestiegen war.

»Sie sehen aus wie zwei Brüder«, sagte er und brachte ein wenig Ordnung in seine Papiere. »Arbeiten Sie schon lange bei der Versicherungsgesellschaft?«

Sie antworteten gleichzeitig: der eine in ironischem Ton (»Ja, ja, selbstverständlich, schon sehr lange«) und der andere mit derselben Lässigkeit (»Nein, ganz und gar nicht«).

Kafka starrte auf die ihm gegenüberliegende Wand, so als fragte er sich plötzlich, was er wohl mit diesen beiden sonderbaren Gesellen anfangen sollte, die der Personalchef ihm ganz offensichtlich zugeteilt hatte, um ihn mit ihrer Hilfe jederzeit überwachen zu können.

Hinter seinem Rücken alberten Oskar und Ludwig herum und lachten laut auf, als Kafka sie ganz ernsthaft fragte:

»Wieso hat man Ihnen keinen Schreibtisch hingestellt?«

Am nächsten Tag, als Kafka das neue Büro verließ, das man ihm zur Verfügung gestellt hatte, begegnete er Gabriela. Sie schenkte ihm ein bezauberndes Lächeln.

»Haben Sie Zeit, mit mir zu Mittag zu essen, Franz?«

Kurze Zeit später trafen sie sich am Flußufer, unter einem nun strahlendblauen Himmel. Ein paar Angler, die in ihren Booten entlang der Eisbrecher kauerten, und junge Schüler der benachbarten Schulen waren die einzigen, die sich an diesem heiteren Ort aufhielten, der sich so sehr von den düsteren Fluren und Büroräumen der Gesellschaft unterschied.

Gabriela war guter Laune. Mit gesundem Appetit biß sie in das Sandwich, das sie bei der alten Frau gekauft hatte, die an der Ecke der Lazenskagasse einen kleinen Imbißstand führte. Während die alte Frau das Sandwich zubereitete, hatte Kafka sich stumm mit einer riesigen Perserkatze abgegeben, deren Fell wie Perlmutt glänzte und die auf dem Sims eines offenstehenden Fensters hockte.

Die von den ockerfarbenen Mauern der Häuser von Mala Strana zurückgeworfenen Sonnenstrahlen leuchteten so hell wie im Sommer. Gabriela leckte sich die Finger ab und drehte sich im Kreis wie ein leicht zurückgebliebenes kleines Mädchen. Angesichts dessen, was ihrem Freund zugestoßen war, hätte man sich über dieses Verhalten wundern können. Doch Kafka schien lediglich wie verzaubert zu sein von dieser ihm derart fremden Euphorie, die ihn sprachlos machte. Die Welt in seinen Geschichten – die Gabriela und auch alle anderen Angehörigen der Familie Roßmann übrigens mit Begeisterung gelesen hatten – war eine düstere, kalte Welt, in der die Einwohner von Prag ihre Stadt oft nicht wiedererkannten. Dabei hätte mehr als ein Bewohner der dunklen und verwahrlosten Häuser des jüdischen Viertels Josefov die tiefe Wahrheit, die in diesen Seiten steckte, mit der Einsamkeit seines eigenen, voller Geheimnisse und elementarer Angstgefühle steckenden Lebens vergleichen können. Es war genau diese Welt, die Eduard Raban für immer verschlungen hatte.

Plötzlich legte Kafka seine Hand auf den Unterarm der jungen Frau, so als wollte er sie zurückhalten.

»Der Eduard, den ich gekannt habe, war wie besessen von der Idee des Selbstmordes. Was mich so stutzig macht, ist nicht so sehr die Tatsache, daß er sich umgebracht hat, sondern vielmehr der Zeitpunkt dieser Tat.«

Mit nachdenklicher Stimme sagte Gabriela:

»Vielleicht hatte er zwei Gesichter. Eines für mich und eines für Sie...«

»Wie können Sie so etwas sagen?«

»Weil wir einander liebten.«

»Das wußte ich.«

Kafkas Blick löste sich von der Wasseroberfläche, die er mehrere Minuten lang angestarrt hatte, und richtete sich nun auf die Silhouette des Schlosses, auf die Turmspitzen der Kathedrale im Gegenlicht und, weiter links, auf die Baumkronen des Parks, der genau oberhalb des Friedhofs lag.

»Nachts«, fuhr Gabriela fort, »lebte Eduard ein anderes Leben. Nachts widmeten wir uns jenen gefährlichen Aktivitäten ...«

»Gefährlich?« fragte Kafka erstaunt.

»Sein Tod ist der Beweis dafür.«

»Niemand weiß, was wirklich geschehen ist. Eduard ist nicht einem Straßenraub zum Opfer gefallen, denn als man ihn fand, trug er seine Mappe, mit deren Hilfe man ihn identifizieren konnte, nach wie vor bei sich.«

»Sie glauben also, was die Polizei erzählt?«

»Warum sollte ich daran zweifeln?«

»Weil sie die Macht repräsentiert. Ich bin überzeugt, daß er von der Polizei umgebracht wurde!«

»Aber aus welchem Grund?«

Einen Moment lang schien es, als wollte sie mehr darüber erzählen, doch dann überlegte sie es sich anders. Heimlich beobachtete sie Kafka. Im Verlauf ihrer Unterhaltung war ihr Blick mißtrauisch geworden.

Zur gleichen Zeit wurden Gabriela und Kafka, ohne daß sie es merkten, von einem Mann beobachtet, der sein Gesicht mit der in die Stirn gezogenen Krempe seines Hutes verdeckte und sich hinter einer kleinen, etwa hundert Meter vom Flußufer entfernten Ansammlung von Weiden versteckt hielt.

Schließlich setzte Gabriela ihrem Gespräch ein Ende, indem sie Kafka mit sanfter Stimme vorschlug:

»Sehen wir uns heute abend?«

»Heute abend?«

Kafka schien überrascht zu sein.

»Wo denn?«

»Im Musil-Viertel, um neun Uhr.«

»Einverstanden.«

Plötzlich sah Kafka Gabriela mit leidenschaftlichen Augen an. Die junge Frau war von einer überwältigenden Schönheit, die ihm bislang noch nie bewußt geworden zu sein schien. Raban war tot, und einige Minuten lang empfand Kafka ein seltsames Gefühl der Erleichterung, das in dem Moment wieder verschwand, als Gabriela ihn mit neugieriger Stimme fragte:

»Sind Sie nicht seit kurzem verlobt?«

»Das war letztes Jahr, doch ich habe die Verlobung wieder gelöst.«

»Eduard wollte, daß wir heiraten.«

»Und Sie?«

»Ich mißtraue Männern, die heiraten wollen.«

»Ich auch«, schloß Kafka mit angedeutetem Lächeln.

Sie trennten sich und gingen langsam, in entgegengesetzter Richtung, am Quai davon. Mehrmals jedoch drehte Kafka sich nach Gabriela um, die ihrerseits kaum Anstalten zu machen schien, sich tatsächlich zu entfernen... Schließlich traf Kafka eine Entscheidung. Er lief Gabriela hinterher, holte sie ein und sagte, völlig außer Atem:

»Ich weiß gar nicht, wo das Musil-Viertel liegt.«

»Gehen Sie bis zur Moldaustraße. Von dort aus ist es leicht zu finden.«

»Vielleicht war es nur ein Alptraum, vielleicht entsprach es aber auch der Wirklichkeit«, fuhr die Stimme fort, »daß an jenem Abend in einem der Keller der Altstadt diese Versammlung der Fettleibigen Männer stattfand. Sie saßen, oder besser gesagt: sie räkelten sich um einen breiten, mit Speisen bedeckten Tisch. Plötzlich tauchte ein maskierter Mann auf und reichte eine mit einem schwarzen Schleier verhüllte Platte herum. Die Fettleibigen Männer hoben den Schleier einer nach dem andern hoch. Dann zog sich der Mann erneut zurück. In diesem Augenblick explodierte die Bombe, zerstörte alles, was sich in dem gewölbten Keller befand, und tötete die Fettleibigen Männer.«

Kafka marschierte durch dunkle Straßen. An einer Kreuzung bemerkte er eine Rauchwolke, die aus dem Eingang eines Restaurants kam. Er drehte sich um, denn seit einiger Zeit schon wußte er, daß er verfolgt wurde. Er setzte seinen Weg fort, kam an einer lauten Taverne vorbei und drehte sich erneut um. Diesmal war er allein auf dem Bürgersteig. Die Biertrinker hatten die Explosion gehört und kamen einer nach dem anderen auf die Straße. Kafka beschleunigte seine Schritte. In einiger Entfernung sah er einen Mann, der in einen weiten, dunklen Umhang gehüllt war und unter einer Laterne an der Ecke der Moldaustraße stand. Der Mann begann, langsam davonzugehen, so als erwarte er, daß Kafka ihm folgen würde.

Alles geschah wie in einem jener Träume, die so oft in seinen Geschichten vorkamen. Der Mann führte ihn durch ein Portal, betrat ein Gebäude und stieg die Steintreppe hinauf bis unter das Dach. Anschließend war das Geräusch seiner Schritte auf einem knarrenden Bretterboden zu hören. Plötzlich schien der Mann von der Dunkelheit des Raumes verschluckt worden zu sein, und mit einem Mal stand Kafka vor Gabriela, die an einem Tisch saß. Sie war nicht allein. Um sie herum standen ihre Freunde aus dem Café Continental, die Kafka sofort wiedererkannte.

Er fragte sich, ob er unter jene Anarchisten geraten war, von denen so oft in den Zeitungen die Rede war und die auch Eduard bei ihren Gesprächen gelegentlich erwähnt hatte.

»Setzen Sie sich, Kafka«, sagte eine Stimme, die die des Mannes mit dem Umhang sein mußte.

Endlich trat dieser an den Tisch. Im Licht einer qualmenden Lampe sah Kafka, daß es sich um einen bärtigen und großgewachsenen Mann handelte.

Er folgte der Aufforderung und nahm zwischen einem buckligen Mann und einer Frau mit pockenübersätem Gesicht Platz. Sorgfältig merkte er sich jedes dieser Details.

Gabriela ergriff das Wort:

»Ich bezweifle, daß Eduard Ihnen von unseren Aktivitäten erzählt hat.«

»War Eduard einer von Ihnen?« fragte Kafka verwundert und versuchte, hinter gespielter Naivität eine viel größere Angst zu verbergen.

»Unser neuestes Mitglied«, sagte die Stimme eines sehr jungen Mannes zu seiner Rechten. »Und gleichzeitig der erste von uns, der unschädlich gemacht wurde.«

Gabriela warf dem Jungen mit dem gelockten Haar, der eben gesprochen hatte, einen wütenden Blick zu. Dann sagte die Anarchistin mit dem Pockengesicht mit lauter, energischer Stimme:

»Aus welchen Gründen wurde Kafka ausgewählt, Mitglied unserer Gruppe zu werden? Ich verlange eine Erklärung!«

Sie schlug mit der Faust auf den Tisch, und alle andern sahen sie an.

»Eine ausgezeichnete Frage«, sagte einer.

Woraufhin der bärtige Anarchist fragte:

»Herr Kafka, kennen Sie *unsere* Literatur?«

Er reichte Kafka ein Flugblatt, auf das dieser einen flüchtigen Blick warf, ehe er den Kopf schüttelte.

Der arrogante Blick des Jungen mit dem Lockenkopf schien Gabriela zu ärgern. Sie riß Kafka das Blatt aus den Händen und warf es dem Jungen vor die Füße.

»Ich weiß, wie stolz du auf deine Werke bist, aber vergiß bitte nicht, daß unser Schicksal von ihrer Qualität abhängt!«

Der bärtige Anarchist beugte sich zu Kafka:

»Wir dachten, Sie könnten uns mit Ihrem schriftstellerischen Talent vielleicht behilflich sein...«

Kafka senkte den Kopf.

»Ich schreibe für mich, verstehen Sie, und...«

Er schien äußerst verlegen zu sein und war es tatsächlich auch ziemlich. Gabriela warf ihm einen gleichzeitig flehenden und anklagenden Blick zu:

»Unsere Bewegung braucht wahre Literatur.«

Kafka reagierte darauf sehr heftig. Er versuchte sich zu

erheben, doch die Frau mit dem Pockengesicht hinderte ihn daran, so daß er fast handgreiflich werden mußte, um aufstehen zu können.

»Das ist nichts für mich. Es tut mir leid, aber das geht nicht. Sie können meiner Sympathie sicher sein, doch das, was Sie von mir verlangen, kann ich unmöglich tun.«

Er wirkte verängstigt, und seine Stirn war schweißbedeckt. Auch der Junge mit den lockigen Haaren war aufgestanden und deutete drohend auf Kafka, der den Kopf gesenkt hielt und absichtlich vermied, ihn anzuschauen.

»Es gibt kein Entrinnen mehr, Kafka! Man hat bereits damit begonnen, Nachforschungen über Sie anzustellen. Man wird Sie nicht mehr loslassen.«

Kafka trat zwei Schritte nach hinten. Nun erhob sich auch Gabriela.

»Am Morgen seines Todestages«, sagte sie, »war Eduard ins Schloß bestellt worden. Wußten Sie das?«

»Man hatte ihn gebeten, Rechenschaft abzulegen über einen Fehler, der in einem Bericht der Abteilung Medizinische Akten entdeckt worden war.«

»Danach wurde er nicht lebend wiedergesehen«, schloß Gabriela.

Kafka hob den Kopf und sah ihr in die Augen.

»Sie bleiben also dabei, daß er umgebracht wurde?«

»Er ist umgebracht worden!« Kafka hatte das Gefühl, in seinem armen Kopf würden nacheinander mehrere Raketen losgehen. Der bärtige Anarchist ergriff erneut das Wort und bestätigte mit Nachdruck, daß Eduards Tod durch seinen Besuch im Schloß, von dessen Geheimausgängen er einen kannte, besiegelt worden war:

»Ohne zu zögern, hatte er sich in die Höhle des Löwen begeben und lediglich seine Mappe mit der selbstgebastelten Bombe mitgenommen. Doch sein Mut wurde nicht belohnt, denn die Bombe hat nicht funktioniert. Noch am gleichen Abend wurde Eduard gefaßt und umgebracht...«

Nun wußte Kafka alles. Dennoch klammerte er sich weiterhin an die schwache und illusorische Hoffnung, Eduard wäre dem Fanatismus seiner eigenen Gefährten zum Opfer gefallen. Er fand sogar den Mut, es ihnen geradeheraus ins Gesicht zu schreien, doch damit löste er lediglich allgemeine Heiterkeit aus. Nur Gabriela versuchte ihn davon zu überzeugen, daß er die Versammlung nicht verlassen dürfte, ohne die einzig vernünftige Entscheidung zu treffen: sich ihnen anzuschließen.

Doch Kafka wollte sich nicht so einfach erpressen lassen. Er rannte aus dem Zimmer, eilte die Treppe hinunter, rutschte aus, stolperte und war in diesem Moment mehr tot als lebendig.

Als Kafka am nächsten Morgen pünktlich sein Büro betrat, unterhielten sich seine beiden Gehilfen fröhlich lachend. Er grüßte sie höflich, setzte sich an seinen Schreibtisch, krempelte die Ärmel hoch und begann mit seiner Arbeit. Er entfernte die Schutzhülle seiner Schreibmaschine und legte einige Dokumente bereit. Ein auf den Tisch fallender Schatten zwang ihn, sich umzudrehen.

Oskar beugte sich vertraulich über ihn und fragte:

»Was haben Sie gestern abend getan?«

Überrascht zog Kafka die Augenbrauen hoch.

»Sie wirken etwas müde«, fügte Ludwig mit leiser Stimme hinzu, ging um den Schreibtisch herum und stellte sich vor Kafka.

Doch Kafka sagte kein Wort und war lediglich etwas verlegen. Oskar stützte sich auf den Tisch und fuhr fort:

»Vorhin war Gabriela Roßmann hier. Sie schien nach Ihnen zu suchen. Kennen Sie sie?«

»Und Sie?« erwiderte Kafka schroff.

»Einmal haben wir sie nackt gesehen«, erwiderte Oskar.

»Du denkst immer nur an Frauen«, gluckste Ludwig und puffte Oskar in den Rücken.

»In der Mittagspause war sie aufs Dach gestiegen, um ein Sonnenbad zu nehmen«, fuhr Oskar fort.

»Damals arbeiteten wir im Lager und stapelten gerade Kisten mit Medikamenten. Um ein Haar hättest du eine zu Boden fallen lassen!«

Diese Unterhaltung heiterte Kafka ein wenig auf. Abwechselnd dem einen, dann dem andern seiner Gehilfen zulächelnd, begann er zu arbeiten. Schließlich sagte er in ernstem Ton:

»Haben Sie noch nie darüber nachgedacht, daß Sie ein völlig fremdbestimmtes Leben führen, dessen einziger Ausweg der Wahnsinn ist?«

Die beiden jungen Männer gaben sich entsetzt, so als würde Kafka maßlos übertreiben. Heftig gestikulierend verneinten sie.

»Nun, um so besser für Sie«, sagte Kafka und begann auf seiner Schreibmaschine zu tippen.

Die Stunden verrannen. Allmählich ging die Sonne unter, und nach und nach wurden die Flure der Versicherungsanstalt in beängstigende Schatten getaucht. Kafka betrat das Gemeinschaftsbüro, in dem Gabriela arbeitete. Doch sie war nicht mehr da – wie übrigens auch alle ihre Kollegen, denn der Feierabend hatte längst begonnen. Plötzlich tauchte Herr Bürgel auf.

»Sie suchen Fräulein Roßmann, nicht wahr?«

Mit diensteifriger Miene reichte er Kafka einen Umschlag. Kafka nahm ihn und stellte unverzüglich fest, daß er nicht mehr verschlossen war.

»Man hat ihn bereits geöffnet...«

»Ach ja? Soll ich ihn wieder zukleben?« fragte Bürgel scheinheilig.

»Nein, schon gut.«

Kafka ahnte, daß der andere etwas wußte, was er selbst noch nicht wußte, und wurde unruhig. Mit hastigen Schritten, den Umschlag in der Hand, verließ er den Raum.

Gabriela saß im Dunkeln in Eduards Zimmer, an der Kante des Bettes, in dem ihr Freund nie wieder schlafen würde. Sie brauchte lange, bis sie Kafkas schmächtige Silhouette auf der Türschwelle erkannte. Er mußte völlig geräuschlos die Treppe hochgestiegen sein. Er sagte:

»Bürgel hat mir Ihren Brief gegeben.«

»Ihm hatte ich ihn doch gar nicht anvertraut...«

»Was machen Sie hier?«

»Ich suche Eduards Sachen zusammen, bevor andere sich dafür interessieren.«

»Einige dieser Sachen könnten Sie unter Umständen verraten, nicht wahr?«

»Auch Ihnen könnten sie schaden, mein lieber Freund«, sagte Gabriela und reichte ihm ein Bündel Manuskriptblätter, von denen das erste den Titel trug: HOCHZEITSVORBEREITUNGEN AUF DEM LANDE. »Ich bin sicher, das hier gehört Ihnen.«

Hastig griff Kafka nach dem Bündel. Einen Augenblick später half er Gabriela bei ihrer Suche. Er hoffe, so sagte er, die Briefe wiederzufinden, die er Raban geschrieben hatte. Die junge Frau wühlte planlos herum, während Kafka sich bemühte, bei dieser Tätigkeit systematischer vorzugehen. Mehrere Stunden lang blieben sie im Licht einer Petroleumlampe im Zimmer des Verstorbenen. Als sie zwei große Säcke gefüllt hatten, stieß Gabriela einen Seufzer aus, der eher Verzweiflung als Erleichterung ausdrückte und der Kafka sehr beunruhigte.

»Was haben Sie nur zu befürchten?« fragte er.

»Alles! *Die* brauchen keine materiellen Beweise, um mir angst zu machen.«

»Wer ist *die*?«

»Die eben! Die Macht! Die Polizei! Das Schloß! Bürgel!...«

»Aber wieso Bürgel?«

»Die Schlimmsten sind die *Kleinen*. Die *Kleinen* mit ihren *kleinen* Ideen. Merken Sie sich das, Franz.«

Mit beiden Händen umfaßte sie ihren Kopf, erhob sich und näherte sich Kafka, der einen Schritt zurückwich, so als würde Gabrielas Gesichtsausdruck ihm Angst einjagen. Sie war ganz außer sich:

»Die Riegel öffnen und wieder schließen. So wird die Maschinerie vorangetrieben. Verstehen Sie...?«

»Sie... Sie behaupteten, er hätte eine Bombe bei sich gehabt. Deswegen mußte er sterben. Doch es gibt noch eine zweite Bombe, hier in diesem Zimmer, nicht wahr? Um sie zu suchen, sind Sie hergekommen...?«

Sie grinste verächtlich:

»Sein Selbstmord würde Ihnen bestens ins Konzept passen, nicht wahr, Franz? Geben Sie's doch zu! Eduard ist tot, und nun suchen sie nach mir. Und anschließend werden sie nach Ihnen suchen. Was bedeutet, daß sein Tod uns miteinander verbindet. Unsere Gruppe. Sie. Und mich.«

Die Minuten dehnten sich aus in der Stille des kleinen Zimmers, die nur hin und wieder vom Geräusch von Mäusepfoten, die über den Fußboden huschten, gestört wurde. Draußen begann es allmählich dunkel zu werden, während die letzten, durch das schmale Mansardenfenster einfallenden Sonnenstrahlen den Raum in ein rötliches Licht tauchten. Gabriela blätterte in Büchern, ordnete Eduards Kleider – und von Zeit zu Zeit schluchzte sie leise. Unterdessen war Kafka in eine Art romantische Meditation versunken, die ihn noch einmal die Augenblicke intensiver geistiger Verbundenheit erleben ließ, die er mit Eduard in diesem Zimmer verbracht hatte. Dann richtete Gabriela sich auf, nahm die beiden schweren Säcke mit Eduards Sachen und wandte sich an den auf dem abgewetzten Teppich hockenden jungen Mann:

»Ich kann nicht warten, bis Sie endlich begriffen haben, Franz. Ich habe keine Zeit zu verlieren.«

Sie ging zu der Tür, die einen Spaltbreit offengeblieben war, und verschwand im Treppenhaus, wo ihre Schritte noch lange zu hören waren.

Zu spät merkte Kafka, daß sie die schwarze Ledermappe vergessen hatte, die deutlich sichtbar auf einem kleinen Tisch lag.

Sechstes Kapitel

Inspektor Grubach war nicht untätig geblieben. Vor Eduards Haus postiert, hatte er auf Gabrielas Rückkehr gewartet und möglicherweise gehofft, sie wäre in Begleitung Kafkas. Da er stutzig geworden war, hatte der Polizeibeamte beschlossen, die junge Frau entkommen zu lassen, und betrat den Hof des Hauses, nachdem er zweien seiner Männer, die etwas weiter weg postiert waren, ein Zeichen gegeben hatte.

Anschließend stieg er die Treppe bis zum Dachgeschoß hoch. Als er die Tür öffnete, stand er plötzlich Rabans Kollegen gegenüber, der sich anschickte, den Ort zu verlassen.

»Was für eine Freude, Ihnen hier wiederzubegegnen, Herr Kafka. Bestimmt haben Sie und Fräulein Roßmann sich an das ziemlich traurige Ende Ihres Freundes erinnert, oder? Ich bin ihr eben auf der Straße begegnet, und sie sah sehr bedrückt aus.«

In diesem Moment, und in den geübten Augen des Schnüfflers, der doch mit allen möglichen Tricks von »Verdächtigen« vertraut war, schien Kafkas Verhalten äußerst konspirativ zu werden. Der junge Mann rieb sich nervös die Hände, fingerte an seinem Schal herum, verdrehte in panischer Angst die Augen und sagte schließlich folgende sonderbare Worte:

»Ich verstehe nicht. Ich bin eben hergekommen und wurde von dieser Person auf der Treppe angerempelt. Sie schien sehr beunruhigt zu sein und flüchtete wie eine Diebin. Sie hätten sie sehen müssen! Ich ging dann zum Fenster, um sie durch den Hof laufen zu sehen, doch da war es schon zu spät. Sie muß bereits weg gewesen sein. Es ist unglaublich, Inspektor, diese Frau hat sich im wahrsten Sinn des Wortes in Luft aufgelöst.«

Grubachs Grinsen verriet ein gewisses Unbehagen angesichts Kafkas Verhalten.

»Langsam, langsam, Herr Kafka! Oder glauben Sie etwa, daß jemand hinter diesem Fräulein Roßmann her ist? Sie können ganz offen zu mir sein.«

»Sie... Sie haben mich gebeten, Sie über jede verdächtige Aktivität auf dem laufenden zu halten. Ich glaube, Fräulein Roßmann kommt dafür in Frage, wenn ich so sagen darf. Als wir in Ihrem Büro miteinander sprachen, hatte ich nicht die leiseste Ahnung, daß sie Eduard kannte.«

»Aber ich wußte es. Doch was hilft uns das? Ich hoffte nämlich, mit Ihrer Hilfe rechnen zu können...«

Plötzlich erblickte Kafka die Mappe, die Gabriela liegengelassen hatte.

»Ich muß nach Hause, Inspektor. Ich habe hier nichts mehr zu tun.«

Er ging drei Schritte in Richtung Tür, doch Grubach hielt ihn zurück.

»Ich glaube, Sie haben etwas vergessen.«

Kafka zuckte zusammen.

Grubach deutete auf die Mappe.

»Dies hier.«

Mit einer jähen Bewegung packte Kafka den Griff der Tasche und ging rasch zur Tür. Der Blick des Inspektors war vieldeutig, doch er entging demjenigen, dem er gelten sollte.

Kafka eilte die Treppe hinunter. Grubach stieß einen tiefen Seufzer der Zufriedenheit aus, bevor er ein dröhnendes Lachen erschallen ließ. Die beiden Männer, die sich im Treppenflur versteckt gehalten hatten, stürzten in Rabans Zimmer und rissen erstaunt die Augen auf.

*

Während die Schwarzweißbilder auf der Leinwand Kafka zeigten, der mit der Mappe in der Hand durch eine Gasse des alten Viertels ging, wurden Elsa und Clive durch ein Geräusch hinten im Raum aus ihrer sprachlosen Faszination gerissen. Eine Tür war zu hören, die geöffnet und wieder geschlossen wurde, Schritte, Stimmengewirr – und wenige Sekunden später wurde das Filmband jäh angehalten. Die Leinwand wurde erneut weiß, jemand schaltete das Licht an. Verdutzt sprangen sie auf und machten mit geblendeten Augen die Anwesenheit einer Fremden aus.

Die Frau, die eben aufgetaucht war, hatte ungefähr das gleiche Alter wie ihr Gastgeber. Wie dieser sah sie ein wenig altmodisch und ungepflegt aus, irgendwie typisch für die Intellektuellen aus Mitteleuropa. Sie war relativ groß und kräftig, steckte in einem grauen Lodenumhang, hatte das Haar im Nacken zu einem dicken Knoten zusammengebunden, trug eine aus der Mode gekommene Brille und lächelte den beiden jungen Engländern zu. Miroslav, der neben ihr noch kleiner wirkte, sagte:

»Darf ich Ihnen meine Cousine Francina vorstellen, Francina Roßmann, um genau zu sein. Dieser Name ist Ihnen bestimmt nicht gänzlich unbekannt...«

Elsa und Clive sahen sich an:

»Sind Sie etwa eine Nachfahrin von Gabriela Roßmann?« fragte Clive, als er die Hand drückte, die die Frau ihm entgegenstreckte.

Francina Roßmann antwortete nicht. Statt dessen schüttelte sie Elsas Hand und hielt dabei den Kopf leicht zur Seite geneigt, so als wollte sie ihre Sympathie dadurch noch deutlicher zum Ausdruck bringen. Elsa war hierüber etwas verwirrt, empfand jedoch unverzüglich starke freundschaftliche Gefühle für diese Frau. Sie fragte sich, in welcher verwandtschaftlichen Beziehung die Gabriela aus dem Film und Francina Roßmann wohl miteinander stehen könnten.

Dann nahmen alle vier an einem Tisch Platz, der mit einem dicken, völlig von Motten angefressenen Tuch bedeckt war. Francina zugewandt ergriff Miroslav in feierlichem Ton das Wort:

»Unsere englischen Freunde kamen noch nicht dazu, mir Fragen über den Inhalt des Films zu stellen, aber ich bin sicher, sie können es kaum erwarten, Genaueres zu erfahren. Nun, sie werden es erfahren! Henrik Galeens Film ist selbstverständlich reine Fiktion. Jedenfalls deutet alles darauf hin. Bislang konnte sich noch niemand Franz Kafka in einer derart dramatischen Situation wie der eben gesehenen vorstellen. Aber Sie werden noch ganz andere

Überraschungen erleben! Wie ich Ihnen bereits sagte, basierte die Drehbuchidee auf den Begegnungen zwischen meinem Vater und dem armen Kafka, der zu jener Zeit bereits im Sterben lag. Die Geschichte entstand nach schriftlichen Zeugnissen, da Kafka damals praktisch nicht mehr sprechen konnte. Nach dem Tod ihrer Eltern fand meine hier anwesende Kusine eine Schatulle mit jenen Notizbüchern, die mein Vater bei seiner Abreise nach New York zurückgelassen hatte. In einem dieser Notizbücher...«

Nach einer kurzen, etwas theatralischen Pause fuhr Miroslav fort:

»Was dann geschah, kann Francina Ihnen viel besser erzählen als ich.«

In diesem Moment wurde Elsa bewußt, daß die Frau mit dem derart charmanten Lächeln bislang noch kein einziges Wort gesagt hatte.

Und als Francina Roßmann zu sprechen begann, waren Clive und Elsa überrascht, die Stimme zu hören, deren gesetzter Ton, deren geheimnisvoller Klang in einer ihr fremden Sprache sie bereits eine ganze Weile in ihren Bann geschlagen hatte.

»Henrik wußte über Kafkas Privatleben ganz genau Bescheid, da meine Mutter, Gabriela Roßmann, ihn ausführlich darüber unterrichtet hatte. Auf diese Weise gelangten zahlreiche Einzelheiten dieses Lebens, die von Max Brod, seinem engsten Freund, sowie von Gustav Janouch sorgsamst verborgen gehalten wurden, zur Kenntnis meines Onkels, dessen Phantasie übrigens äußerst fruchtbar war. Miroslav und ich haben stets sehr bedauert, daß Henriks Werk nur so wenig Beachtung fand.«

Clive konnte nicht anders, als Francina zu unterbrechen:

»Ja... Aber wieso wurde der *Film* geheimgehalten?«

Die nachsichtigen Blicke von Miroslav und Francina genügten, um den Jungen verstummen zu lassen. Dann fuhr Francina fort:

»Henrik zögerte also keine Sekunde, verschiedene vertrauliche Mitteilungen des großen Mannes für die Leinwand umzusetzen. Nach Kafkas Tod beschloß er, seinen Plan zu verwirklichen. Mehrere Schauspieler aus seinem Freundeskreis waren damit einverstanden, für ein eher bescheidenes Honorar mit ihm zu drehen, denn Galeen war auch sein eigener Produzent. Und nun, lieber Freund, werde ich auf Ihre Frage antworten. Nachdem der Film fertiggestellt war, erfuhr Max Brod, Kafkas Testamentsvollstrecker, durch eine Indiskretion, welches ›Sakrileg‹ – so seine eigenen Worte – mein Onkel begangen hatte. Von da an verwandte Herr Brod – und zwar mit einer Hartnäckigkeit, die man sich in London oder Paris kaum vorstellen kann – seine ganze Kraft darauf, die Filmspulen zerstören zu lassen. Es bedurfte schon der ganzen List meiner Mutter und ihrer Schwester, um den Film zu retten. Die Spulen verschwanden, und sämtliche Nachforschungen, die Brods Wut in Gang gebracht hatte, blieben ohne Ergebnis: die Filmspulen wurden nie gefunden. Tatsächlich hatte man sie nach Amerika geschickt, an die Adresse von Galeen, der bei seiner Ankunft in der Neuen Welt die gute Idee gehabt hatte, sich eine neue Identität zuzulegen. Wie Sie sehen, war die Situation damals nicht ganz einfach, und Sie haben es einem wahren Wunder zu verdanken, daß Sie diese Bilder heute sehen können. Als mein hier anwesender Cousin nach Henriks Tod nach Prag zurückkehrte, brachte er den Film mit, den sein Vater ihm mit dem guten Rat anvertraut hatte, sich vor Kafkas ›Bewunderern‹ in acht zu nehmen. Miroslav machte seine Sache sehr gut. Er ließ mehrere Jahre vergehen. Wir beide sind nach wie vor auf eine zweifellos krankhafte Weise mißtrauisch und haben erst kürzlich beschlossen, nach einer völlig unwissenschaftlichen und irrationalen Methode diejenigen auszuwählen, die es *verdienen, Das Labyrinth* zu sehen.«

Dann hielt sie inne und sah nacheinander Elsa und Clive an, den Kopf nach wie vor leicht zur Seite geneigt und – wie Elsa feststellte – mit einem unmerklichen nervösen Zittern. Während sie sprach, hatte Miroslav seine Cousine unentwegt mit lebhaften Blicken angeschaut. Die geheime, außerhalb jeder Norm stehende Liebe, welche die beiden möglicherweise verband, erschien Elsa bewundernswert, und unmittelbar empfand sie ein Gefühl instinktiver Eifersucht. Genau diese Art von Liebe war es, die sie so gern mit Clive erlebt hätte, doch nun begriff sie, wie naiv sie gewesen war.

Miroslav streckte die Arme von sich, als wollte er sagen: »Das wär's, Freunde«. Dann erhob er sich, um vor der Fortsetzung der Vorführung Tee zu machen. Auch Francina erhob sich, schwerfällig und scheinbar träge. Sie folgte ihrem Cousin zum Samowar und flüsterte ihm etwas zu, woraufhin er zweimal mit dem Kopf nickte.

Mit der Teekanne in der Hand wandte Miroslav sich erneut an die jungen Leute, die wie versteinert am Tisch sitzengeblieben waren:

»An eure Plätze, Freunde, die Filmvorführung geht weiter.«

Die Leinwand leuchtete auf, während die sie umgebende Welt für Elsa und Clive vorübergehend aufhörte zu existieren – auch wenn Clive seit einigen Minuten schon spürte, wie die widersprüchlichen Gedanken über Fiktion und Wirklichkeit in seinem Kopf aufeinanderprallten; Gedanken, die er schleunigst verscheuchte, als die ersten Bilder der neuen Spule zu sehen waren.

★

Es war Abend. Sprühregen fiel auf die Pferdedroschken, die langsam vor dem Eingang des Großen Theaters vorfuhren. Kafka hatte den Kragen seines Mantels hochgeschlagen und seinen Filzhut tief in die Stirn gezogen und zögerte kurz, ehe er die schimmernde Fahrbahn betrat. Schnellen Schrittes stieg er die Stufen des Café Continental hinauf.

Der Zigarettenrauch hüllte den Raum wie in dichten Nebel. Einen Moment lang hielt Kafka inne. Dann erhob sich inmitten des von kleinen Lampen mit roten Schirmen nur schäbig beleuchteten Gewirrs von Tischen und Stühlen die Silhouette einer Frau und kam auf ihn zu. Er erkannte in ihr Luise, eine Freundin aus Kindheitstagen. Sie näherte sich ihm mit einem freudigen Lächeln:

»Guten Abend, Franz. Komm, setz dich zu uns …«

Kafka senkte den Kopf.

»Ich kann nicht. Ich suche jemanden.«

Als die junge Frau ihm zärtlich die Hand entgegenstreckte, ging er rasch davon.

Luise ging an den Tisch zurück, an dem ihre Freunde saßen. Diese begannen zu lachen, so als wäre Kafkas Verhalten ihnen töricht vorgekommen. Mittlerweile ging Kafka am riesigen Tresen entlang, der in einen für Flirts und diskrete Unterhaltungen günstigen Halbschatten getaucht war. Ganz hinten im Café sah er den Tisch, an dem gewöhnlich Gabriela und ihre Freunde, an jenem Abend jedoch andere Gäste saßen. Er schien ratlos und ging an die Bar zurück, als plötzlich hinter ihm eine Stimme sagte:

»Sie scheinen jemanden zu suchen, mein Freund.«

Kafka drehte sich um und erkannte Bizzlebeck, den Steinmetz.

»Was wollen Sie damit sagen?« fragte Kafka, der von der Anwesenheit des Mannes sichtlich verwirrt war.

Dann eilte er zum Ausgang und stieß im Vorbeigehen gegen ein paar Männer, die an der Bar standen und ihn beschimpften.

Draußen schien er zunächst zu zögern; schließlich beschloß er, zum Flußufer zu gehen. Es regnete immer noch. Vor sich sah er eine Gruppe von drei Personen, die er wie in einem Traum wiedererkannte: den bärtigen Anarchisten, die Frau mit dem pockenübersäten Gesicht und den Jungen mit dem lockigen Haar. Sie versperrten ihm förmlich den Weg, so daß er gezwungen war, auf ihrer Höhe stehenzubleiben.

»Gabriela ist verschwunden«, sagte Kafka.

Die Frau im Schatten verzog das Gesicht zu einer Grimasse.

»Glauben Sie etwa, wir wüßten das nicht?«

»Warum sind Sie zur Polizei gegangen?« fragte der Bärtige.

»Was haben Sie denen erzählt?« fragte der Junge, dessen widerlichen Atem Kafka deutlich riechen konnte.

»Daß... daß ich mir große Sorgen um sie mache.«

»Mit Ihrem Interesse für Gabriela sind Sie reichlich spät dran«, meinte ironisch die Frau mit dem entstellten Gesicht, von dem Kafkas Blick sich entsetzt abwandte.

»Haben Sie denn gar keinen Respekt vor ihr?« erwiderte er, so als gäben diese Worte ihm plötzlich Kraft.

Der Junge meinte schüchtern:

»Das kann jedem von uns passieren, zu jeder Zeit.«

»Auch Ihnen«, fügte der Bärtige hinzu.

»Vom polizeilichen Standpunkt aus betrachtet«, fuhr der Junge in ruhigerem Ton fort, »machen Ihre Beziehungen zu Raban und Gabriela Sie zu einem idealen Verdächtigen. Vergessen Sie das nicht!«

»Das liegt doch auf der Hand«, flüsterte die Frau.

»Worauf warten Sie? Schließen Sie sich uns an!« sagte der Bärtige in beinahe freundschaftlichem Ton.

Während ihres Gesprächs waren die drei Anarchisten so nah an Kafka herangetreten, daß er sich weder vorwärts noch rückwärts bewegen konnte. Wie versteinert stand er da und spürte, wie übler Schweiß an seinem Nacken herunterlief. Er war in eine Falle geraten.

Der bärtige Anarchist merkte, daß der Fisch anbeißen würde, und fügte ein letztes Argument hinzu:

»Man wird Sie schnappen und nie mehr etwas von Ihnen hören. Kommen Sie doch mit uns...«

Und die Frau bemerkte niederträchtig:

»Von jetzt an können Sie nicht länger allein bleiben...«

Kafka wurde steif, warf den Kopf nach hinten, schaute abwechselnd den Bärtigen und den Jungen mit dem Lokkenhaar an und sagte:

»Gabriela und ich... wir haben Rabans Bombe wiedergefunden!«

Diese Worte zeigten Wirkung. Eine Weile blieben die drei Anarchisten völlig stumm und warteten darauf, daß Kafka fortfuhr:

»Sie und ich haben das Ding in Rabans Zimmer gefunden. Es war unbeschädigt.«

Der Junge fand als erster die Fassung wieder.

»Natürlich. Natürlich war es unbeschädigt. Denn wenn die Bombe funktioniert hätte, würde sie jetzt nicht mehr existieren, sondern hätte ›Bumm‹ gemacht!«

»Haben Sie sie der Polizei übergeben?« fragte die Frau.

Einen Sekundenbruchteil lang wagte er es, ihr in die Augen zu schauen.

»Nein, sie ist immer noch in meinem Besitz. Ich habe sie mit nach Hause genommen.«

Der Junge verzog das Gesicht:

»Was Ihre Situation nicht unbedingt verbessert.«

Eine vierte Person, die sie von Beginn dieser seltsamen Unterhaltung an beobachtet hatte, näherte sich der kleinen Gruppe. Kafka erkannte in ihr einen der Anarchisten, die er flüchtig in dem Haus im Musil-Viertel gesehen hatte, ein Individuum mit feierlichem Aussehen.

»Diese Handlung besiegelt Ihr Schicksal, Herr Kafka«, sagte dieser Mann mit sehr tiefer Stimme.

Sein Auftreten schien den Jungen zu erleichtern. Beinahe freudig sagte er:

»Eduard, Gabriela, Kafka... Drei Angestellte der Versicherungsanstalt. Und alle drei arbeiten in derselben Abteilung!«

»Alle drei Komplizen desselben umstürzlerischen Komplotts... Eine Verbrecherorganisation!«

Der Bärtige gab vor, Kafka aufrichtig zu bedauern.

»Unterschlagung... Kungelei... schwerer Betrug...«

Kafka streckte seinen Oberkörper, als würden diese Worte ihn treffen wie Peitschenhiebe.

»Nur die Fakten interessieren uns. Wir wollen mehr darüber erfahren. Wir möchten wissen, warum Eduard ins Schloß gebracht wurde. Das und nur das!«

Er drehte sich um und entfernte sich, ohne zurückzuschauen.

Siebtes Kapitel

Die Archive der Versicherungsanstalt bildeten eine Art Labyrinth, in das sich kein Angestellter jemals vorwagte, ohne von einem derjenigen begleitet zu werden, die man »die Wächter« nannte. An jenem Tag ging Kafka in Begleitung eines älteren Mannes, der ein graues Hemd und eine Mütze derselben Farbe trug, durch dieses stikkige, fensterlose Gewirr von Gängen, dessen Wände mit endlosen Regalen bedeckt waren. Diese waren von oben bis unten mit staubigen Aktenordnern gefüllt.

Je länger sie an den Regalen entlanggingen, um so größer wurde, wie Kafka feststellte, die darauf herrschende Unordnung. Eine Unordnung, die einen nicht nur nervös machte, sondern einen in panische Angst versetzte... Und der Wächter, dem Kafka folgte, murmelte ständig zwischen seinen Zähnen hervor:

»Raban... Raban... Hätten Sie sich niemanden aussuchen können, dessen Name mit einem anderen Buchstaben des Alphabets beginnt...? Raban... das liegt ja am Ende der Welt!«

Unter anderen Umständen hätten diese Worte Kafka bloß ein Lächeln entlockt, doch seit dem Tag zuvor hatte sich seine Stimmung merklich verschlechtert. Dabei hatte seine Begegnung mit den Anarchisten vor dem Café Continental seine Entschlossenheit, *etwas zu unternehmen*, durchaus gesteigert. Er hatte ungewohnt kühne Worte an sie gerichtet, deren Wirkung ihm sogleich deutlich geworden war: nur weil er *entschlossen* war, hatte er sich stärker gefühlt.

Im Moment war er – im wortwörtlichen wie im übertragenen Sinn – unterwegs zu neuen Spuren bezüglich Eduard.

Möglicherweise fühlte er sich nur aus Bosheit verleitet, folgende Bemerkung an den »Wächter« zu richten, der weiterhin in seinen Bart knurrte:

»Leider befürchte ich, daß der Buchstabe *R* nicht weit vom *Z* entfernt liegt.«

Woraufhin der andere ein paar Töne von sich gab, die deutlich erkennen ließen, daß diese Sorte Scherze nicht dazu angetan war, ihn zum Lachen zu bringen. Drohend fügte er hinzu:

»Bedenken Sie, daß ich keineswegs verpflichtet bin, Ihnen all die Informationen zu liefern, die Sie wünschen. Wenn ich das trotzdem und ohne offizielle Erlaubnis tue, so nur, weil Sie zum Haus gehören.«

Sie betraten einen Flur, der wegen der überall herumliegenden und von zerstreuten oder nachlässigen Angestellten liegengelassenen Dossiers immer enger wurde, je weiter sie vorangingen.

»Ich bin überfordert«, gestand der »Wächter«, der sich in Kafkas Augen nun noch etwas krummer hielt. »Sie... Sie sagten doch Raban, oder?«

Besorgt sah Kafka ihn an:

»Wollen Sie... damit sagen, daß Sie nicht sicher sind, ob überhaupt etwas über ihn vorliegt?«

Der »Wächter« verlangsamte seine Schritte. Mit der Hand, an der er einen fingerlosen grauen Wollhandschuh trug, strich er über die Regale. Kafka hörte ihn schnaufen wie ein Walroß; bestimmt war dieser Mann schon sehr alt.

»Warten Sie... Raban, sagten Sie... Mir scheint, ich habe diesen Namen neulich irgendwo gehört.«

»So hieß der letzte Woche verstorbene Sekretär.«

Der »Wächter« drehte sich um und sah Kafka zornig an. Seine Lippen zitterten, als er sagte:

»Es liegt nichts vor über ihn... Ich glaube, Sie sollten lieber in Ihr Büro zurückgehen!«

Er drängte Kafka zurück. Dieser ging erstaunt zwei Schritte nach hinten, bevor er es sich anders überlegte.

»Entschuldigen Sie, aber ich bin sicher, daß es hier eine Akte über Raban gibt!«

Mißmutig blickte der Mann an die Decke:

»Natürlich gibt es eine...«

»Ich möchte Sie nur um einen einzigen Gefallen bitten. Suchen Sie sie, und schauen Sie nach, ob es... Ich möchte bloß die Adresse seiner Eltern wissen, falls diese noch leben. Ich würde ihnen gerne schreiben, verstehen Sie?«

Mit einer knappen Geste wehrte der »Wächter« diesen Anflug von Sentimentalität ab. In seinem Beruf war kein Platz für solche Argumente.

Widerwillig mußte Kafka den Rückzug antreten. An der Stelle, wo der mit Regalen gesäumte Korridor wieder breiter wurde, ließ er den »Wächter« an sich vorbei. An der nächsten Abzweigung bogen sie in einen anderen Gang ab, der zu einem ovalen Raum führte, der das Büro des »Wächters« sein mußte.

Der Mann öffnete eine Schublade und nahm eine Akte hervor, in der er, die Stirn runzelnd und mit herabhängender Unterlippe, hastig zu blättern begann.

»Nein... Ich finde nichts... Kein Hinweis auf Verwandte...«

Kafka begriff, daß der andere ihn zum Narren hielt. Doch was hätte er tun sollen?

Der Mann sah Kafka in die Augen:

»Was kann ich sonst noch für Sie tun, junger Mann?«

Er schien sich tatsächlich über ihn lustig zu machen.

»Nichts. Schade. Ich hätte so gerne etwas für diesen Freund... für sein Andenken getan. Hat er denn keine Arbeit hinterlassen, die noch nicht fertig ist... die ich...«

Überstürzt legte der andere das Dossier in die Schublade zurück und schloß sie mit einem kurzen Ruck.

»Nein... Er hat seine Arbeit ordnungsgemäß erledigt. Seien Sie unbesorgt. Ich werde Rabans Akte selbst schließen und sie vorschriftsmäßig ins Schloß bringen. Heute oder spätestens morgen...«

Kafka sah ihn erstaunt an.

»Ach! Jetzt verstehe ich. Zweifellos handelt es sich um den Erlanger-Rekurs.«

Der »Wächter« zog die Augenbrauen hoch.

»Keineswegs, sondern um den Orlac-Rekurs.«

»Ach so! Nun, dann möchte ich mich freundlichst bei Ihnen bedanken, mein Herr.«

Kafka wollte davongehen, als der andere plötzlich näher an ihn herantrat und sagte:

»Kafka, ich finde, Sie sind zu sentimental, viel zu sentimental. Sie sollten Ihren Kollegen in Frieden lassen.«

Dann drehte er sich um und ging in sein Büro zurück.

»Ich weiß, was es heißt, wenn ein Mann Selbstmord begeht. Oft ist übermäßige Beanspruchung der Grund.«

»Ja, mein Herr.«

Mit ironischem Blick sah der »Wächter« ihn an.

»Ich glaube, das ist alles, was wir uns zu sagen haben.«

Eine knappe Stunde später betrat Kafka eine andere Abteilung der Versicherungsgesellschaft. Die Wände des Büros, in dem der Chefarchivar ihn zu empfangen bereit war, ähnelten denen des zuvor besuchten Labyrinthes mit den Aktenordnern sehr. Mit dem einzigen Unterschied, daß die Dossiers, die Kafka nun umgaben, neuer und besser geordnet zu sein schienen als die anderen.

Der Archivar glich einem Raubvogel, auf dessen Schnabel eine Brille saß, die im Licht einer großen, vor ihm auf dem mit Unterlagen überhäuften Tisch stehenden Lampe funkelte.

»Wenn Sie nach Konten suchen, warum fragen Sie dann nicht bei den Angestellten nach, Herr Kafka?« sagte der Mann, indem er seinen Besucher neugierig betrachtete.

»Ich wußte nicht, daß es ein Konto auf den Namen Orlac gibt.«

»Doch. Es handelt sich um eine Fabrik im Norden des Landes. Ein wichtiger, sehr wichtiger Kunde sogar...«

Der Archivar erhob sich, ging um sein Pult herum und forderte Kafka auf, ihm in ein anderes Zimmer zu folgen, das fast genauso aussah wie das erste, außer daß hier niemand arbeitete. Auf dem Weg dorthin fuhr der Mann mit der gewaltigen Nase fort:

»Ohne vorschriftsmäßiges Gesuch kann ich einem Antrag wie dem Ihren im Prinzip gar nicht stattgeben. Aber ich werde eine Ausnahme machen, da Sie mir vertrauenswürdig zu sein scheinen.«

Er sah Kafka an und lächelte, wobei widerliche Zahnstummel in seinem Mund zum Vorschein kamen.

Entsetzt stellte Kafka fest, daß es in dem Raum, den sie eben betreten hatten, überall knarrte. Der Fußboden und die überladenen Regale gaben ein düsteres Kreischen von sich, das der junge Mann in seinem Kopf mit den Schreien von Nachtvögeln oder von ausgestorbenen Tierarten wie dem Pterodaktylus in Verbindung brachte.

Gegen eine der Wände dieser Aktenhöhle war eine Leiter gelehnt. Behend kletterte der Archivar hinauf, seine kleinen, lederhäutigen Hände dabei kaum zu Hilfe nehmend. Auch die Leiter knarrte fürchterlich, und einige Sekunden lang schloß Kafka, den ein nicht zu unterdrükkendes Schaudern überkam, die Augen.

Dann öffnete er sie wieder und sah, wie der Mann auf einer der obersten Leitersprossen hantierte. Mit einer Hand versuchte er nach einem dicken Dossier zu greifen, doch offensichtlich war er zu klein oder sein Arm nicht lang genug, um so hoch zu reichen, ohne das Gleichgewicht zu verlieren. Überdies sah der Archivar so schwächlich aus, daß die Übung ohne Zweifel eine echte Gefahr für ihn darstellte.

Zentimeter für Zentimeter glitt das Dossier zwischen seine Finger. Kafka hielt die Luft an. Schon stellte er sich das Unglück vor, das geschehen könnte und seinen Nachforschungen unverzüglich ein Ende bereiten würde: möglicherweise würde der Archivar ihm absichtlich unterstellen, der Gesellschaft schaden zu wollen...

Die Leiter knarrte jetzt noch bedrohlicher als zuvor. Erneut schloß Kafka die Augen. Es wäre nicht nötig gewesen, denn der Mann hielt das Dossier nun fest in der Hand und drückte es gegen seine Brust. Vorsichtig stieg er die Leiter wieder herunter und gelangte bald auf den Boden zurück. Er hielt Kafka das Dossier hin:

»Zumindest handelt es sich um ein noch laufendes Konto, was man von dem Angestellten ja nicht mehr behaupten kann.«

Diesen Worten folgte ein kurzes, glucksendes Lachen, das Kafka Aufschluß gab über den Humor dieses Mannes.

Sie gingen in das erste Zimmer zurück, und der Archivar legte den umfangreichen Ordner auf sein Pult. Auf dem Deckel stand in dicken schwarzen Buchstaben der Name Orlac. Bevor er ihn öffnete, glitt der Mann mit einem Finger über den dunklen Leineneinband der Akte und sagte mit nachdenklicher, vieldeutiger Stimme:

»Die Suche nach einem dieser verdammten Dossiers ist immer wieder ein Abenteuer. Ich habe deutlich gemerkt, daß Sie Angst um mich hatten, Herr Kafka. Ich brauche Ihnen wohl nicht zu sagen, daß ich mich als eines der letzten Exemplare einer aussterbenden Spezies betrachte. Was ich hier tue, dazu ist von den jüngeren Angestellten der Gesellschaft niemand mehr imstande...«

Kafka konnte sich nicht länger zurückhalten. Er trat an den Schreibtisch, deutete auf den Ordner und fragte:

»Erlauben Sie, daß ich einen Blick hineinwerfe...?«

Ohne eine Antwort abzuwarten, begann er die Fotos

des Orlac-Dossiers durchzublättern, auf denen als »Unfallopfer« verzeichnete Personen abgebildet waren. Ein Name tauchte auf mehreren der an die Dokumente geklebten Zettel auf: der eines gewissen Doktor Murnau...

Kafka stellte eine weitere Frage:

»Ich verstehe nicht recht..., diese Leute sind alle innerhalb desselben Jahres gestorben?«

Der Archivar setzte eine mitleidige Miene auf.

»Ja. Leider! Ein wahres Massensterben. Einige Leichen wurden nicht einmal gefunden. Sogar der Offiziersarzt des Distrikts kam ums Leben!«

Kafka nickte mitfühlend mit dem Kopf, blätterte weiter durch die Dokumente des Dossiers und verzog beim Anblick der wenig appetitlichen Fotos angeekelt das Gesicht.

Gewissenhaft lieferte der Archivar weitere Details.

»Die meisten der Verunglückten wurden bei lebendigem Leib begraben. Die Leichen wurden praktisch nie wiedergefunden... Eine schreckliche Art zu sterben...«

Kafka stimmte diesen Worten zu:

»Oh, ja! Ich glaube, ich kann mich sogar erinnern, daß jener Offiziersarzt posthum mit einem Ehrentitel ausgezeichnet wurde.«

»Das stimmt«, sagte der andere und fügte hinzu, als er sah, daß Kafka sich für ein Blätterbündel interessierte, das mit einem dünnen Band zusammengehalten wurde: »Das da ist das Dossier von Doktor Murnau. Meiner Meinung nach der tapferste von allen Männern. Er hat die meiste Zeit seines Lebens in diesen abgelegenen Gegenden verbracht. Die Selbstlosigkeit in Person, wie allgemein behauptet wird...«

Er streckte die Hand aus, und Kafka gab ihm das Bündel zurück. Der Archivar blätterte den Inhalt rasch durch und bemerkte:

»Sein Porträt ist verschwunden. Was für eine Nachlässigkeit! Ich muß diesbezüglich unbedingt ein Vermerk anfertigen....«

»Ist dies die Liste aller Angestellten der Gesellschaft, die das Orlac-Dossier bearbeitet haben?«

Der Archivar nickte:

»Ist Ihr Freund ebenfalls dabei?«

Kafka machte eine zweifelnde Handbewegung.

»Wenn Sie ihn nicht auf der Liste finden, dann heißt das, daß er nur am Abschlußbericht gearbeitet hat. Und den kann Ihnen nur sein Bürovorsteher aushändigen.«

Kafka erblaßte.

»Kann eine Akte, die bereits ins Schloß geschickt wurde, von dort noch einmal zwecks Einsicht zurückgefordert werden?«

Der Archivar erwiderte in spöttischem Ton:

»Natürlich nicht. Das ist nur dem Direktor der Gesellschaft erlaubt. Oder können Sie sich vorstellen, daß die Behörden einem solchen Hindundher zustimmen.«

Während er sprach, hatte der Mann das Dossier an sich genommen und begonnen, die Dokumente darin zu ordnen. Dann schloß er es und ging damit in das Zimmer zurück, in dem sich die Leiter befand. Kafka folgte ihm, verzweifelt nach Argumenten suchend:

»Aber wozu dienen denn diese Dossiers, wenn niemand Zugang zu ihnen hat? Etwa im Falle einer Reklamation.«

Die Leiter krächzte unter dem Gewicht des Mannes.

»Die Gesetze hierüber sind bereits seit mehreren Jahrhunderten in Kraft. Wie kommen Sie auf die Idee, sie nun in Frage zu stellen?«

»Und... und wenn ich ein detailliertes Gesuch an den zuständigen Direktor richten würde?«

Das Dossier stand erneut an seinem gewohnten Platz, und flink kletterte der Archivar von der Leiter.

»Es ist nicht an Ihnen, Gesuche an den Direktor zu stellen. Diese Dinge funktionieren nur *in umgekehrter Richtung*, verstehen Sie?«

Der Mann klopfte den Staub von seinen Ärmeln und schaute Kafka weiterhin starr in die Augen, so als hielte er ihn für einen unverschämten Taugenichts. Er sagte:

»Sie werden das alles jedenfalls nicht ändern.«

Doch Kafka ließ nicht locker:

»Wie kann ich herausfinden, in welcher Abteilung im Schloß diese Dossiers aufbewahrt werden?«

»Unsere Gesellschaft beschäftigt sich mit Krankenversicherungen. Folglich werden die Dossiers in der für medizinische Akten zuständigen Abteilung abgeliefert – so einfach ist das, mein Freund.«

»Dorthin kann ich mich also wenden...«

Der Archivar zuckte mit den Schultern.

»Sie sind mir vielleicht stur, Sie. Aber Sie sollten wenigstens wissen, daß einer der Direktoren unserer Gesellschaft ebenfalls Vorsitzender der Abteilung Medizinische Akten im Schloß ist.«

Kafkas Augen begannen zu leuchten. Doch als er dem Mann voller Dankbarkeit die Hand entgegenstreckte, wandte dieser sich schleunigst ab und ging davon.

*

Plötzlich erstarrte das Bild Kafkas beim Verlassen des Archivs auf der Leinwand. In der darauffolgenden Stille hörte Clive, wie Miroslav und Francina, die einige Meter hinter Elsa und ihm saßen, sich leise und in ihrer eigenen, den beiden jungen Engländern völlig unverständlichen Sprache miteinander unterhielten. Die Spule ist offenbar noch nicht zu Ende, sagte sich der Junge. Einer der beiden Tschechen mußte die Vorführung aus unerfindlichem Grund unterbrochen haben. Vielleicht tat es der Tochter (oder der Nichte) von Gabriela Roßmann nun doch plötzlich leid, Unbekannten den Film über ihre Vorfahrin zu zeigen. Doch warum hatte sie das dann nicht gleich gesagt? Und warum hatte Miroslav darauf bestanden, daß sie an dieser sonderbaren Vorführung teilnehmen sollte? Ihre Stimmen verstummten, und nun waren schwere Schritte im Raum zu hören.

Elsa und Clive wandten sich um, doch die Dunkelheit ließ nichts erkennen. Sie konnten nur *hören*, was vor sich ging.

Mühsam wurde ein Fenster geöffnet, und sie vernahmen den nächtlichen Wind, der über den Fluß brauste. Es mußte dort einen Balkon geben, der auf die Uferböschung hinausging. Auf ihm verweilten Francina und ihr Cousin ein paar Momente lang, die Clive und seine Freundin nutzten, um über das eben Gesehene zu sprechen.

»Mich beeindruckt am stärksten der Schauspieler, der Kafka darstellt«, sagte Clive. »Er sieht ihm zwar nicht ähnlich, aber er verhält sich so, wie ich mir Kafka immer vorgestellt habe. Diese manische Besessenheit, diese Art und Weise, niemals wirklich jemanden an sich heranzulassen.«

Elsa seufzte leise und verstimmt:

»Für dich ist das natürlich bestes Kammerspiel. Und dieses eine Mal muß ich dir sogar recht geben und dir beipflichten. Ich finde die Ausstattung, die derart realistisch wirkt, bewundernswert. Die Kostüme... möglicherweise sind es die Kleider, die Kafka und Gabriela tatsächlich trugen. Glaubst du, daß einer seiner Freunde auf diese Weise umgekommen ist?«

Clive rutschte in seinem Sessel hin und her. Er schien ungeduldig darauf zu warten, mehr über das alles zu erfahren. Er sah sich um.

»Ich glaube, sie sind jetzt fertig mit ihrer trauten Zusammenkunft. Sie kommen wieder herein!«

Wenige Minuten später wurde die Vorführung fortgesetzt, ohne daß die beiden Engländer erfuhren, aus welchem Grund sie unterbrochen worden war.

★

Das Licht des Nachmittags durchflutete Kafkas Büro, dessen Fenster Ludwig weit geöffnet hatte. Oskar war dabei, den Fußboden des Raums, über dessen Zustand die beiden Gehilfen eifersüchtig wachten, zu fegen.

Gleich nachdem Kafka eingetreten war, eilte er, noch in seinen weiten Mantel gehüllt und mit dem Hut auf dem

Kopf, ans Fenster und schloß es mit nervösen Handgriffen. Oskar und Ludwig lachten kurz auf, wie jedesmal, wenn ihr »Schützling« sich so krankhaft benahm.

»Haben Sie letzte Nacht wieder viel geschrieben?« fragte Ludwig respektlos, während Kafka sich die Hände rieb, als wären sie halb erfroren.

Er zuckte mit den Schultern und sah sich um, als würde er nach etwas suchen. Dann setzte er sich an seinen Tisch. Schließlich antwortete er mit teilnahmsloser Stimme:

»Wir sind nicht hier, um über diese Dinge zu reden. Was ich zu Hause tue, geht Sie nichts an. Wo waren wir mit der Akte Klotz stehengeblieben?«

Oskar lachte erneut; ein Lachen, das sich in ein provozierendes Wiehern verwandelte:

»Sie ändern sich aber auch nie, Kafka! Mein Gott, wir sind hier doch unter Freunden! Die Akte Klotz kann warten. Erzählen Sie uns lieber etwas über die Geschichte, die Sie im geheimen in der Alchimistengasse austüfteln. Etwas in der Art von *Das Urteil*?«

Kafka erblaßte, drehte sich langsam zu dem Jungen um, der neben ihm stand, und starrte ihn an:

»Haben Sie... haben Sie den Text etwa gelesen?«

»Was ist daran denn so erstaunlich?« fragte Ludwig. »Wir interessieren uns eben sehr für Sie, Herr Kafka.«

Kafka wandte den Blick erneut auf seinen Schreibtisch.

»Das glaube ich Ihnen nicht. Sie machen sich doch wieder nur über mich lustig. Und ich bin sicher, daß das ein Befehl *von oben* ist.«

Erneuter Lachanfall Oskars.

Mit einer Heftigkeit, die man kaum von ihm gewohnt

war, sprang Kafka plötzlich auf und rannte zur Tür. Im nächsten Moment betrat er das Büro von Bürgel, dem Abteilungsvorsteher, der friedlich an seinem Pult saß und gerade dabei war, verschiedene Dossiers durchzusehen. Oskar und Ludwig waren Kafka gefolgt und postierten sich vor Bürgels Tür, was die Aufmerksamkeit der übrigen Angestellten weckte, die Kafka soeben ungestüm vorbeieilen gesehen hatten.

»Die beiden Gehilfen, die Sie mir aufgehalst haben, Herr Bürgel, sind... sind – wie soll ich sagen? – absolut unerträglich! Haben Sie mich verstanden, Herr Bürgel?!«

Der andere tat so, als hätte er nichts gehört, obwohl Kafkas Worte bis in das große Büro gedrungen waren, wo die Angestellten in ihrer Arbeit innegehalten hatten und gespannt darauf warteten, was als nächstes passieren würde...

»Ein unerhörter Vorgang ist das! Was wirft man mir eigentlich vor? Daß ich *schreibe*, ja, ist es das? Los, geben Sie es schon zu: man wirft mir vor, daß ich *schreibe* und *veröffentliche*!«

»Kommen Sie, Kafka, ruhig Blut«, sagte schließlich der Abteilungsleiter und hob den Kopf. »Alle Ihre Kollegen können Sie hören und werden sich so ihre Gedanken über Sie machen.«

»Das ist mir völlig gleichgültig, Herr Bürgel. Ich verlange, daß man mich von diesen beiden Gehilfen befreit, die mir das Leben hier im Büro zur Hölle machen!«

Bürgel erhob sich und stützte sich mit beiden Händen auf sein Pult:

»Gehen Sie an Ihre Arbeit zurück, Kafka. Für heute

reicht's. Oskar und Ludwig sind zwei ganz ausgezeichnete Kerle. Sie wollen Ihnen doch bloß helfen.«

Er sah Kafka genau in die Augen:

»Da wir nun schon dabei sind und ich mir ehrlich Sorgen über Ihr psychisches Befinden mache, möchte ich... möchte ich Ihnen ein Geheimnis anvertrauen. Stellen Sie sich vor, diese beiden Gehilfen wurden Ihnen nicht zufällig zugeteilt und auch nicht, wie Sie übrigens richtigerweise bereits vermutet haben, nicht zufällig ausgewählt. Nein«, sagte Bürgel, der um seinen Schreibtisch herumgegangen war und sich Kafka mit einem schelmischen Lächeln auf den Lippen genähert hatte, »nein, denn der Direktor unserer Gesellschaft und ich selbst hatten nämlich die Idee, Ihre Karriere als Schriftsteller zu fördern. Ab heute, mein lieber Kafka, stehen diese beiden jungen Männer, die Sie fälschlicherweise für ›unerträglich‹ halten, den ganzen Tag lang zu Ihrer Verfügung und sind jederzeit bereit, die literarischen Werke, die Sie verfassen, unter Ihrem Diktat niederzuschreiben...«

Zunächst zeigte Kafkas Gesichtsausdruck Besorgnis, dann Überraschung, um schließlich in panischem Entsetzen zu erstarren. Er ging rückwärts zur Bürotür, drehte sich um und durchquerte in entgegengesetzter Richtung den riesigen Raum, in dem das Klappern der Schreibmaschinen wie durch ein Wunder erneut einsetzte.

Hinter sich vernahm er die Schritte seiner beiden Gehilfen und das unerträgliche Lachen von Oskar.

Später. Das rußige Licht der Lampen hatte das Tageslicht ersetzt. Oskar und Ludwig tranken Kaffee aus kleinen, weißen Porzellantassen. Kafka saß, oder besser: kauerte an seinem Pult, stützte sich mit beiden Händen den Kopf ab und las stotternd den Text, den Ludwig mit der Schreibmaschine auf ein Blatt Papier getippt hatte. Seine Stimme war kaum wiederzuerkennen. Die Wörter schienen nur mühsam über seine Lippen zu kommen.

»›Der Kranke hatte das Bewußtsein wiedererlangt und schaute sich um. Neben seinem Bett stand die alte Hausangestellte mit einem Tablett in der Hand‹... Nein, nein, das sind nicht meine Worte! ›Der Arzt der Familie, der am frühen Nachmittag gerufen worden war, zögerte lange, bevor er den seltsamen Wahn, dem Wilhelm zum Opfer gefallen war, beim Namen nannte...‹ Aber nein, ich hatte doch Eduard... EDUARD diktiert!«

Kafka fand seine Kraft wieder und haute mit der Faust auf das Pult. Er hatte Tränen in den Augen. Ludwig setzte seine Tasse ab und sagte mit gleichgültiger Stimme:

»Ich glaube, es ist genug für heute. Wir werden morgen weitermachen, Herr Kafka.«

Wie ein Gespenst wanderte Franz Kafka durch die Straßen von Josefov. Er war auf dem Rückweg nach einem Besuch bei seinen Eltern. Einige Minuten lang blieb er an der Fassade des Hotels Zu den Drei Straußen stehen und lehnte sich gegen die Brüstung, so als könnte er einen bestimmten Punkt in der Umgebung auf diese Weise leichter betrachten. Doch Kafka interessierte sich weder für das Hotel mit den bereits geschlossenen Fensterläden noch für eines der Häuser in seiner unmittelbaren Nachbarschaft, sondern seine Aufmerksamkeit galt der sonderbaren Form eines kleinen Springbrunnens unterhalb des Brückenturms. Dieses barocke Bauwerk hatte die Form eines Insektenpanzers, eines riesigen Insektes, das jenem glich, das die Phantasie des jungen Mannes schon seit langem nicht mehr losließ. Die Idee zu dieser Erzählung, an der er Nacht für Nacht weiterschrieb, deren Niederschrift nur durch seine jüngsten Erlebnisse mit der Polizei und den Anarchisten verzögert worden war und von der er sich weder durch Ludwig noch durch Oskar abhalten ließ, die Idee zu dieser Erzählung war ihm einige Monate zuvor beim Anblick dieses Brunnens gekommen. Während Kafka so an der Brüstung stand, befreite er seinen Kopf von allen überflüssigen Gedanken. Er atmete kaum, doch sein Herz pochte dumpf und im Gleichklang einer tiefen, unteilbaren Freude. Die Geschichte, die in seiner Vorstellung nach und nach Gestalt angenommen hatte und die er unter dem Titel *Die Verwandlung des Gregor Samsa* veröffentlichen wollte, würde durch keine andere, widernatürliche Aktivität beeinträchtigt werden. Er hatte keineswegs die Absicht, die Bürostunden zu nutzen, um zwei Irren die Früchte einer geheimen, im Dunkeln seines Hirns geborenen Alchimie zu diktieren. Nur seine eigenständige Schöpfung würde das Licht der Welt erblicken, selbst wenn er dafür bis ans Ende seiner Kräfte gehen müßte.

Bald darauf setzte er seinen Weg fort, erregt von der Idee eines neuen Schlusses für Gregors schmerzhafte Geschichte. Die idiotische Idee des Landarztes, die seine Gehilfen ihm gegen seinen Willen aufgedrängt hatten, hatte ihn nicht vom Fortgang seiner Arbeit im Verborgenen abgebracht. Noch am Nachmittag desselben Tages hatte er sich erneut in Gregors Haut versetzt und über den einzigen Ausweg aus dieser Metamorphose nachgedacht. Die Idee dazu war ihm in den vorangegangenen Stunden fast wie durch einen glücklichen Zufall gekommen, und nun beeilte er sich, in sein Häuschen auf den Anhöhen der Stadt zurückzukehren, um dort die Feder zu ergreifen und letzte Hand an seine Erzählung zu legen. Gregor würde sterben, krepieren wie eine Ratte. Und Kafka überraschte sich dabei, wie er in der Dunkelheit lächelte.

Der schlimmste Alptraum ist die Realität – Jeremy Irons als Kafka.

Verfolgungsjagd durch Prag.

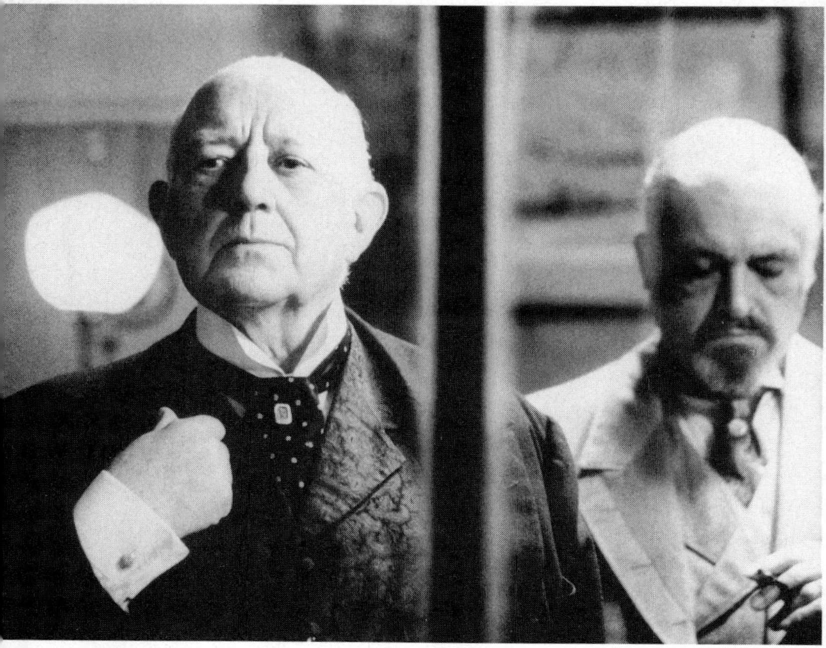

Die joviale Maske der Macht –
Armin Müller-Stahl als Polizeiinspektor Grubach.

Linke Seite:
Oben: Eine kafkaeske Existenz – Alec Guinness als Oberbuchhalter.
Unten: Die Anarchistin Gabriela (Theresa Russell) mit Kafka.

Der Mensch als Karteikarte.

Das Labyrinth der Macht.

Achtes Kapitel

Nachdem Kafka den grausamen moralischen Qualen seines Helden Gregor Samsa in der Nacht ein Ende bereitet hatte, machte er sich am nächsten Tag beinahe leichten Herzens auf den Weg zur Versicherungsgesellschaft.

Dort traf er erneut seine beiden Gehilfen, deren vergnügte Laune und sarkastische Bemerkungen ihn hätten erschauern lassen müssen. Doch er beschloß ein für allemal, sich nicht mehr darum zu kümmern. Statt dessen teilte er ihnen seine Absicht mit, mit der Niederschrift der Arztgeschichte fortzufahren. Während Oskar noch einmal den Text las, den sie tags zuvor verfaßt hatten, pfiff Ludwig fröhlich vor sich hin – selbst das schien Kafkas Geduld in keiner Weise auf die Probe zu stellen. Die Arztgeschichte, deren merkwürdiger Inhalt seine beiden Schreibgehilfen ebensowenig zu verwirren schien wie deren Kürze, war fast abgeschlossen, als Kafka plötzlich ganz übel wurde. Von einem abscheulichen Brechreiz gepackt, eilte er in den kleinen WC-Raum, den alle Angestellten des großen Büros sich teilen mußten, und sperrte sich in diesem fensterlosen Zimmerchen ein, das nur mit einer Art Luke, die auf einen Flur gehen mußte, versehen war.

Franz beugte sich über das Waschbecken und spürte, wie sein Magen sich fürchterlich zusammenzog. Doch bald ließen diese Krämpfe wieder nach, und während der junge Mann sich fragte, was die Ursache dieser Übelkeit sein könnte, wurde ihm plötzlich bewußt, daß er seit dem Mittagessen am Tag zuvor praktisch nichts mehr zu sich genommen hatte. Er wusch sich das Gesicht und trocknete es mit seinem Taschentuch ab. Als er dieses Taschentuch sorgfältig zusammenfaltete, vernahm er ein seltsames Geräusch von zerknülltem Papier, das von der Luke herzukommen schien. Er stieg auf einen kleinen Hocker und schaute durch die Öffnung. Völlig überrascht sah er Herrn Bürgel vor einem Schrank stehen, in dem die Reinigungsmittel für die Büroräume aufbewahrt wurden. Er war dabei, eine Reihe von Fotos zu betrachten, die Kafka nicht sogleich erkennen konnte. Kafka hielt den Atem an und wartete, bis Bürgel ein wenig zur Seite trat und ihn erkennen ließ, daß es sich um Fotos nackter Frauen handelte!

Kafka ging an seinen Schreibtisch zurück und erzählte seinen Gehilfen kein Wort von dem, was er gesehen hatte. Er zog es vor, diese »Feststellung«, die Bürgels Person in seinen Augen noch verabscheuungswürdiger machte, für sich zu behalten. Mit vorgetäuschter guter Laune begann er, Ludwig die ersten Sätze eines kleinen Prosastückes zu diktieren, für das er noch keinen Titel hatte, während Oskar damit beschäftigt war, das Büro aufzuräumen. Gemeinsam verfaßten sie auf diese Weise mehr als eine Seite, die der Junge anschließend in Kafkas Schreibmaschine tippte. In dieser Zeit überlegte sich Kafka, auf welche Weise er Bürgel mit dem, was er nun über seinen Abteilungsleiter wußte, erpressen könnte.

Es war Nacht geworden über Prag. Zunächst war Kafka nach Hause gegangen und hatte dort eine weniger karge Mahlzeit als üblich zu sich genommen, um seinen verstimmten Magen zu beruhigen. Anschließend las er im Licht seiner Schreibtischlampe einige Seiten in Morgensterns *Galgenliedern*. Auf dem kleinen Tisch, neben einem Teller mit zwei Birnen, lagen die Blätter seiner Erzählung *Die Verwandlung* und warteten darauf, noch einmal durchgesehen zu werden; doch an jenem Abend hatte Kafka nicht die Kraft, sich einer solchen Arbeit zu widmen. Mit dumpfem Entsetzen stellte er fest, daß der vorgetäuschte Schreibeifer vom Nachmittag seinen Wunsch nach intensiver, einsamer Arbeit abgestumpft hatte, doch er hatte keine Lust, sich über dieses neue Gefühl den Kopf zu zerbrechen.

Gegen zehn Uhr nahm er Mantel und Hut, streifte die Handschuhe über seine großen Hände mit den langen, feingliedrigen Fingern und verließ das Haus. Er überquerte den Hradschin-Platz und ging über den schmalen Schülerweg – den er morgens nahm, wenn er sich verspätet hatte – in die Stadt hinunter. Er kam an dem Friedhof des Schlosses vorbei, dessen Grabsteine im Mondlicht glänzten. Nie wäre es ihm in den Sinn gekommen, diesen Ort zu betreten.

Auf der anderen Seite des Flusses schlenderte er durch die Geschäftsstraßen. Vor den schmalen Schaufenstern des Janouch-Buchladens blieb er stehen, betrachtete einen nach dem anderen die dort ausliegenden und vom Licht einer nahen Straßenlaterne beleuchteten Buchdeckel und berauschte sich an den Titeln, die er las. Hin und wieder wurde er gefragt: »Wieso veröffentlichen Sie Ihre Texte eigentlich nicht, Doktor Kafka?«, worauf er stets mit seiner rauhen Stimme und in wohlüberlegtem erheiterten Ton antwortete, er fühle sich noch nicht bereit, seine Arbeiten in Form von kleinen, broschierten Büchern in den Schaufenstern irgendwelcher Buchhändler auftauchen zu sehen.

Er setzte seinen Weg fort. Vor der Tür einer Taverne stritten sich zwei Betrunkene. Der eine von ihnen schwankte schrecklich, und als er Kafka sah, winkte er ihm zu:

»He! Du! Erkennst du mich nicht wieder? Ich, ich weiß, wer du bist.«

Kafka wechselte schleunigst auf die andere Straßenseite, doch der andere ignorierte diese Zeichen der Verachtung, beharrte weiterhin auf seinem Irrtum und folgte dem jungen Mann. Kafka ging schneller und verschwand schließlich an der nächsten Straßenecke, begleitet vom höhnischen Gelächter der beiden jungen Gauner, die dieses Schauspiel zu belustigen schien. Bald verlangsamte Kafka erneut seine Schritte und merkte, daß er den Weg eingeschlagen hatte, der ins Musil-Viertel führte. Plötzlich hatte er die Idee, oder besser: den geheimen Wunsch, sich in die Nähe des Hauses zu begeben, in dem die Anarchisten ihre Versammlungen abhielten. Er sagte sich, er könnte dort vielleicht Gabriela begegnen, falls sie endlich bereit wäre, ihr Versteck zu verlassen.

Jenseits der Moldaustraße wurde die Umgebung des besagten Hauses nur mehr von Gaslampen beleuchtet, die in immer größeren Abständen voneinander aufgestellt waren. Auf den Fußwegen lagen Landstreicher, die sich kaum mehr bewegten; einige von ihnen stöhnten jämmerlich. Schließlich fand Kafka den dunklen Eingang und betrat das Haus.

Er stieg die Treppe bis zum Dachgeschoß hinauf. Vor seinen Füßen flüchteten Mäuse vor einer abgezehrten Katze mit teuflischen Augen.

Plötzlich stand er vor dem bärtigen Anarchisten, der sein Kommen erahnt zu haben schien. Nach kurzem Blickwechsel folgte Kafka dem Mann in das Zimmer, in dem die Verschwörer am Abend seines ersten Besuchs um einen riesigen Tisch gesessen hatten. Diesmal bot sich ihm ein ganz anderes Bild: ein dramatisches Bild. Drei der Anarchisten – unter ihnen die Frau mit dem Pockengesicht – kauerten um den blutüberströmten Körper des jungen Mannes mit dem lockigen Haar.

Der Junge hatte den Mund leicht geöffnet, so als drohte er an seinen Schmerzen zu ersticken.

Dann vernahm Kafka ein Knarren über seinem Kopf. Er sah eine offene Luke und, in der Luft baumelnd, zwei Beine in Seidenhosen – die zu einem teuren Smoking gehörten –, während eine Stimme rief:

»Der Weg ist frei, ihr könnt hochkommen!«

Als Kafka sich umsah, konnte er, da seine Augen sich nun an die Dunkelheit des Raumes gewöhnt hatten, erkennen, daß noch andere Anarchisten ohne sichtbare Verletzungen auf dem Boden lagen. Einer von ihnen war der feierlich gekleidete Mann, der ihn in der Narodni-Straße angesprochen hatte.

Dann stürzte eine riesige Körpermasse buchstäblich aus

der Luke und ging direkt neben Kafka, der unverzüglich zur Seite sprang, zu Boden.

»Ich bin Herr Pick«, sagte der Mann mit atemloser Stimme zu Kafka, den es nicht im geringsten zu überraschen schien, ihn in diesem Augenblick an diesem Ort anzutreffen.

Er packte Kafka am Arm und zog ihn mit einer Bewegung an sich, die der junge Mann völlig mißverstand. Im selben Moment schaute Pick nach hinten zur Tür. Kafka drehte sich um und sah auf der Schwelle eine bucklige Gestalt mit halbgeschorenem Schädel – eine beinahe phantastische Kreatur, wie Alfred Kubin sie gezeichnet hatte.

»Ach!« sagte Pick, »dieser Teufelskerl ist ums Haus herumgelaufen... Und durch eine andere Luke hereingekommen... Treten Sie näher!«

Zu behaupten, die Kreatur hätte gehinkt, wäre ziemlich untertrieben gewesen. Da die rechte Hälfte ihres unförmigen Körpers nämlich völlig gelähmt zu sein schien, kam sie halb schwankend, halb kriechend auf sie zu.

Beim Anblick der Anarchisten, möglicherweise vor allem aber bei dem des wahren Schlachtfeldes, den das Zimmer bot, schien der eigenartige Gefährte von Herrn Pick plötzlich zu zögern. Doch Pick deutete ihm an, ohne Angst näher zu kommen.

»Kommen Sie! Kommen Sie! Niemand wird Ihnen etwas antun.«

Kafka glaubte, einen Alptraum zu durchleben. Die Bestandteile der ihn umgebenden Wirklichkeit – eine Versammlung von Anarchisten im Dachgeschoß eines Prager Hauses – wurden von einer Art fiktiver Szenerie überlagert, die ihn mit Schrecken an seine eigene Gedankenwelt erinnerte. Seine Reaktion darauf war äußerst seltsam.

Kafka hatte längst aufgehört, logisch zu urteilen. Angesichts des Alptraums, den er erlebte, beschloß er, ins kalte Wasser zu springen – das jedenfalls empfand er in dem Augenblick, als sein Gehirn ihm das »weitere Vorgehen« diktierte. Kafka ließ sich zu Boden sinken und wurde auf diese Weise zu einer der Figuren dieser sonderbaren Horrorgeschichte, in die er eingedrungen war.

Pick und das Geschöpf mit dem halbgeschorenen Schädel würden sich gewiß nicht darüber empören.

Hiermit war Kafka den am Boden liegenden Anarchisten gleichgestellt, und der Eifer, mit dem er die Erwartungen eines vertrauten Handlungsablaufs zu erfüllen trachtete, führte ihn sogar dazu, sein Gesicht mit dem Blut des in einer ekstatischen Haltung auf dem Fußboden ausgestreckten Jungen zu beschmieren.

Während er den Geruch des Blutes und des Staubes einatmete, registrierte sein Gehirn jedes einzelne Detail dieser Szene. Er hatte sich vom passiven Zuschauer in einen aktiv Beteiligten verwandelt und spürte, wie er nach und nach in einen eigenartigen Rauschzustand versetzt wurde. Kurz darauf schmeckte er das Blut auf seinen Lippen.

Kafka sollte nie erfahren, wann genau die Spannung dieser Erfahrung nachließ. Irgendwann berührte das Ohr des Bärtigen sein Ohr, während sein Körper von dem – so glaubte er jedenfalls – der Frau mit dem grausam entstellten Gesicht durch die Dunkelheit geschoben wurde.

Neben ihm begannen die Körper der Anarchisten auf dem Boden herumzukriechen, so als versuchten sie, vor einer drohenden Gefahr zu flüchten... Dann stand Kafka plötzlich, völlig übergangslos, auf der Straße – war er ohnmächtig geworden? Hatte man ihn aus dem Haus getragen? – zusammen mit Pick und dessen Gefährten, der wie ein an einer unsichtbaren Leine befestigter Hund auf allen vieren dahintrottete.

Die Anarchisten, die vor ihnen gingen, steuerten auf die am Fluß entlang verlaufenden Eisenbahnschienen zu. Die nächtliche Brise ließ Kafka wieder zu sich kommen. Er ließ sich von dem eigenartigen Paar – dem hinkenden Pick und seinem neben ihm trabenden Freund – abhängen und bog dann in eine Querstraße ein, die ins Stadtzentrum zurückführen mußte. Doch ein riesiger Karren versperrte ihm den Weg, so daß er gezwungen war, umzukehren.

Das Herz pochte dumpf in seiner Brust. Er spürte, wie die Schlinge sich immer enger zuzog. Er wünschte sich nur mehr, flüchten zu können, doch gleichzeitig begriff er, daß eine geheimnisvolle Kraft ihn auf die Probe stellte und ihn daran hinderte, die Grenzen dieses lebenden Alptraums zu übertreten, in den er sich in dieser Nacht, in der er vor dem Schreiben geflohen war, selbst gestürzt hatte.

Also folgte er den Anarchisten und den beiden Alptraumgeschöpfen bis an den Rand der Stadt. Dort schlug er einen Weg ein, der in einen verlassenen Steinbruch führte. Der Karren folgte ihm, und als er sich umdrehte, erkannte er den wachsamen und unerbittlich lauernden Kutscher.

Er kletterte einen steilen Pfad hinauf, über den er zur

Spitze einer künstlich in den Kalkstein gehauenen Felswand gelangte. Von dort aus konnte er die Bewegungen der kleinen Truppe beobachten, die ihm hierher vorangegangen war.

Der Mond schien auf den Hauptsteinbruch. Kafka sah, wie die Silhouette eines Arbeiters, der an seinem Leinenanzug und an seinem Helm mit dem breiten Visier zu erkennen war, sich Pick näherte.

Dann geschah etwas Schreckliches. Der Mann hatte eine Waffe gezogen – eine Art langen Dolch mit funkelnder Klinge –, und während Pick die kaum menschliche Gestalt an seiner Seite festhielt, stieß der andere ihr die Klinge mitten ins Herz. Picks Gefährte brach zusammen und wurde von fürchterlichen Krämpfen geschüttelt. Anschließend zerrten Pick und der Arbeiter den Toten in eine dunkle Ecke des Steinbruchs und verschwanden.

Bald jedoch wurde Kafkas Neugier größer als seine Angst, und so beschloß er, den Weg zurückzugehen und sich die Umgebung des großen Steinbruchs mit aller Vorsicht etwas genauer anzusehen. Am meisten wunderte ihn das Verschwinden der Anarchisten, und er verspürte den eigenartigen Wunsch, Gabrielas Komplizen wiederzufinden.

Er hatte große Mühe, den Pfad hinunterzusteigen, da seine Füße auf den brüchigen Steinen immer wieder ausrutschten. Als er unten ankam und große, weiße Steine neben ihm zu Boden krachten, begriff er seinen Fehler: Pick und der Arbeiter waren wieder erschienen und betrachteten ihn mit düsteren Mienen.

Kafka tat das einzig Richtige: er nahm beide Beine in die

Hand und rannte zum Zufahrtsweg des Steinbruchs. Wie von Zauberhand war der Kutscher mit seinem Karren verschwunden. Da Kafka ganz genau wußte, daß die beiden Männer, deren Schritte er hinter sich hörte, ihm folgten, rannte er, so schnell er konnte. Er hoffte, Picks Behinderung wäre ein Nachteil für die beiden Männer, doch er wagte nicht daran zu glauben.

In diesem Moment sah er das Gitter. Es war plötzlich aus der Dunkelheit aufgetaucht, versperrte ihm den Weg, zwang ihn umzukehren und zur Felsklippe und dem steinigen Pfad zurückzulaufen. Der Alptraum versah seine Abenteuer mit einer unbarmherzigen Logik. Trotz seiner schmerzenden Beine lief Kafka nun noch schneller, denn Pick und der Arbeiter kamen hinter ihm gefährlich nahe. Mutig kletterte er den Steinhaufen hoch, während sein Herz wie rasend pochte. Der Schweiß lief ihm in die Augen, an der Nase entlang in seinen halbgeöffneten Mund hinein. Nie hätte er es für möglich gehalten, zu einer derartigen Kraftanstrengung fähig zu sein. Doch die Angst war ein starker Motor, und Kafka hörte nur mehr auf eben diese Angst.

Auch die andern kletterten hinauf. Er hörte Pick wie ein Walroß schnaufen, während der zwangsläufig flinkere Arbeiter ihn anfeuerte. Er wagte nicht, sich umzudrehen. Er nahm Hände und Füße zu Hilfe und verwandelte sich in eine Art menschliches Insekt, das auf eine lächerliche Weise ums Überleben kämpft. Er mußte an die von ihm erfundene Figur denken, an jenen Gregor Samsa, dessen Name sich aus der gleichen Anzahl von Buchstaben zusammensetzte wie sein eigener Name, mit zwei *a* an der gleichen Stelle. Würden spätere Leser das erkennen und begreifen, daß Kafka in diesem Porträt eines zu einem riesigen Ungeziefer gewordenen Mannes seine ganze Angst zum Ausdruck gebracht hatte? In diesem Augenblick zweifelte er daran.

Der Vorsprung, den er auf seine Verfolger hatte, wurde immer geringer. Die Kieselsteine, die hinter ihm hinabrollten, schlugen gegen ihre Gesichter und ließen sie laut fluchen. In abscheulichem Ton schwor der Arbeiter, daß er »kurzen Prozeß mit diesem Schwein machen würde, falls er es erwischen sollte«. Heftige Übelkeit überkam Kafka.

Doch dann tauchten plötzlich die ersten Stufen einer in den Fels gehauenen Treppe auf. Kafka richtete sich auf und eilte die Stufen mit immer größer werdender Geschwindigkeit hinauf. Die Treppe wurde breiter und glich nun plötzlich jenen Gassen der Altstadt, die von hohen Mauern umgeben waren. Völlig verwirrt hob er die Augen und sah Dächer, Schornsteine. Was war passiert? Wo befand er sich? Soeben hatte der Alptraum eine neue Dimension bekommen. Raum und Zeit spielten ihm einen üblen Streich. Vielleicht würde er nun endlich aufwachen.

Aber nein, denn er konnte die Schritte von Pick und die des Mannes mit dem Helm immer noch deutlich hinter sich hören. Er spürte ihren Atem in Nacken, sie waren drauf und dran, ihn zu schnappen.

Da tauchte aus der Dunkelheit ein weiteres Gitter vor ihm auf, eine letzte Herausforderung an seinen Verstand. Schmerzhaft stieß er gegen die Gitterstäbe, die er mit seinen an den Felsen wundgeriebenen Fingern umklammerte. Er hatte keine Kraft mehr, als er plötzlich eine Hand auf seiner Schulter spürte. Langsam drehte er den Kopf und war verwundert, nicht im gleichen Moment die Stimme eines der beiden Männer zu hören.

Doch er war allein. Da war keine Hand, sondern nur die Vorstellung, die er sich davon machte. Seine Verfolger waren in der Nacht verschwunden. Er stand allein an dem Gitter, an dem er schluchzend zusammenbrach.

Kafka irrte durch den Steinbruch. Barhäuptig schwankte er hin und her, während seine Arme auf merkwürdige Weise von vorne nach hinten pendelten. Plötzlich entdeckte er die Leiche von Picks Gefährten, dessen Füße aus einer Felsspalte hervorragten. Das Blut, das aus der schrecklichen, vom gewaltigen Messer des Arbeiters verursachten Wunde geflossen war, bildete eine schwarzgraue Lache.

Er beugte sich über den Mann, um sich im nächsten Augenblick erneut aufzurichten, da er hinter sich ein lautes Krachen vernommen hatte. Im Steinbruch tauchte ein riesiger Karren auf, der von einem Fuhrmann gelenkt wurde, dessen Gesicht Kafka nicht unbekannt war. Einige Stunden zuvor hatte er diesen Mann mit den Anarchisten im Zimmer gesehen. Das Gespann näherte sich, und Kafka versteckte sich im Schatten. Seine Füße stießen gegen den leblosen Körper, und ein weiteres Mal beugte er sich über das unglückliche Opfer einer gemeinen Abrechnung.

Kafka verspürte den krankhaften Wunsch, mehr über

diesen Mann zu erfahren. Mit der Spitze eines Schuhs versuchte er, dessen Körper umzudrehen. Der Leichnam kippte, der Kopf rollte zur Seite und ließ die in einem unerträglichen Todeskrampf verzerrten Gesichtszüge erkennen. Er würde nichts mehr erzählen können.

Angewidert eilte der junge Mann davon. Dann stand er erneut vor der Felswand. Während er mit der Leiche beschäftigt gewesen war, hatte der Karren seine Fahrt fortgesetzt und über einen unsichtbaren Weg die höchste Stelle des Steinbruchs erreicht. Kafka sah, wie der Kutscher die Pferde zum Stehen brachte und von seinem Sitz heruntersprang. Dann begann der Mann, die auf dem Boden stehenden Säcke hinten auf den Karren zu laden.

Kafka beschloß, den schmalen Pfad zur Spitze noch einmal hinaufzuklettern und zumindest zu versuchen, die entsetzliche Mauer des Schweigens und der Angst, die ihn umgab, zu durchbrechen.

Endlich wurde es Tag über Prag, und die Sonne warf ihre rotgoldenen Strahlen auf die Türme des Schlosses. Nach kurzem Zögern hatte der Fuhrmann des Karrens sich bereit erklärt, Kafka auf den Vorplatz der Kathedrale zu bringen. Als Kafka völlig erschöpft nach Hause kam, fand er vor seiner Tür einen Zettel von Inspektor Grubach, der ihn bat, schnellstmöglich Kontakt mit ihm aufzunehmen. Er zuckte mit den Schultern und steckte den Zettel in seine Manteltasche.

Nun saß Kafka an seinem Arbeitstisch, der – was sonst sozusagen nie der Fall war – vom Tageslicht beleuchtet wurde. Doch er schrieb nicht an einer fiktiven Erzählung, sondern war lediglich damit beschäftigt, eine Art möglichst genaue Bestandsaufnahme seines alltäglichen Überlebenskampfes niederzuschreiben. Er verfaßte einen Brief. »Meine Stellung bei der Gesellschaft läßt sich noch immer nicht mit den Gesetzen der Logik vereinbaren. Ich danke Vater für den Anzug, den er mir hat schicken lassen. Aber wieso, zum Teufel, glaubte er, er würde mir passen, da er ihm nicht paßte?

Euer Sohn.

Euer Euch liebender Sohn.

Euer gelegentlich zuvorkommender Sohn.

Euer Sohn, der nicht imstande ist, Euch zu lieben.

Euer Sohn, den alle Formen familiärer Zuneigung zu Tode betrüben.«

Sorgfältig faltete er den Brief und steckte ihn in einen Umschlag. Die Sonne stand mitten im Fenster und zwang ihn, die Augen zuzukneifen. Kafka dachte, das Licht würde den Menschen möglicherweise von seiner inneren Dunkelheit ablenken, doch daß es gut wäre, daß es ihn beherrsche.

An jenem Morgen war er guter Laune.

Er erhob sich und ging durch das Zimmer. Der Anzug, den er trug, war ihm zu weit, die Ärmel und die Hosenbeine wirkten lächerlich lang, so als wäre Kafka über Nacht geschrumpft wie eine Figur aus einer phantastischen Erzählung.

Ludwig und Oskar überquerten die Karlsbrücke. Sie waren von Kopf bis Fuß dunkel gekleidet und sahen aus wie Zwillinge, die aus der Nacht ins grelle Tageslicht treten, um ihre Landsleute vor einer drohenden Gefahr zu warnen. Niemand schien sie zu bemerken.

In einiger Entfernung fuhr ein schwerbeladener Karren, der von einem Mann mit einem teuflischen Gesicht gelenkt wurde, durch die Altstadt einem unbekannten Ziel entgegen. Von Zeit zu Zeit warf der Kutscher einen ängstlichen Blick über seine Schulter nach hinten.

In der Alchimistengasse klebte Kafka eine Briefmarke auf den Umschlag mit dem Brief, den er soeben geschrieben hatte, und sagte sich, daß er Gott gerne duzen würde.

Noch später machte Kafka sich in der Versicherungsanstalt an die Arbeit, doch sein Zuspätkommen war Bürgel nicht entgangen. Der Abteilungsleiter kam auf Kafka zu, reichte ihm eine Akte und sagte in niederträchtigem Ton:

»Kafka, ich möchte, daß Sie ein wenig Ordnung in diese Papiere bringen. Der Personalchef verlangt, daß dieser Bericht morgen früh bei ihm abgeliefert wird. Es wird Sie höchstens ein bis zwei Stunden Arbeit kosten.«

Kafka streckte die Hand nach der Akte aus, ohne ein Wort zu sagen.

Die Lampe auf seinem Schreibtisch brannte in der Stille der hundert eingehüllten Schreibmaschinen bis spät in die Nacht hinein. Kafka war über seinen Arbeitstisch gebeugt und erwies sich als der gewissenhafteste Angestellte von allen. Dann erhob er sich, schloß die kartonierte Mappe und trat ans Fenster, das auf eine nach Einbruch der Nacht gewöhnlich menschenleere Straße blickte. Er drückte die

Stirn an die Scheibe und erkannte die Silhouette eines uniformierten Polizisten, der vor dem Eingang der Versicherungsanstalt auf und ab ging.

Kafka wich zurück. In seiner Manteltasche befand sich immer noch der Zettel von Inspektor Grubach. Er dachte, es wäre nun vielleicht an der Zeit, ihm einen Besuch abzustatten.

Genau in diesem Moment vernahm er ein seltsames Geräusch. Eine Art Kratzen, das vom anderen Ende des riesigen Gemeinschaftsbüros kam – oder genauer gesagt: aus dem schmalen Waschraum neben Bürgels Büro. So geräuschlos wie möglich ging er dorthin. Vor der Türe blieb er stehen. Das Geräusch war nun deutlicher zu hören – und kam ganz aus der Nähe. Er drehte den Türknauf, stieß die Türe auf... und sein Atem stockte. Aus einer Wand des kleinen und durch ein Oberlicht nur sehr schwach beleuchteten Raumes ragte buchstäblich ein unglaublich dicker Unterarm heraus, an dessen Ende eine abscheuliche Hand nach etwas tastete. Im nächsten Augenblick begriff Kafka, daß der Unterarm aus einer winzigen Öffnung kam, die zweifellos der Entlüftung diente, und daß die Hand das etwas höher gelegene Oberlicht zu entriegeln versuchte.

In dem Moment, als es der Hand gelang, den Griff des Oberlichts zu fassen, wich Kafka in das Büro zurück. Mit einem Schlag öffnete sich das Fenster und prallte heftig gegen die Wand. Dann tauchte der restliche Körper des Eindringlings vor Kafkas Augen auf und ließ sich in den Waschraum hinabgleiten.

Kafka wich weiter zurück. Schon hatte der andere das

große Büro betreten. Als die Konfrontation unausweichlich wurde, entschied Kafka sich für die Flucht. Er rannte in sein eigenes Büro und schloß geräuschvoll die Türe. Mit aller Kraft rückte er seinen Schreibtisch vor den Eingang.

Dann stieg Kafka auf das Pult und drückte sein Auge an eine Art Guckloch, das in die Tür gebohrt worden war. Als er den Mann sah, der knapp einen Meter von ihm entfernt auf der anderen Seite stand, zuckte er vor Schreck zusammen: ein wahrer Koloß, dessen grobes Gesicht von furchterregenden Zuckungen bewegt wurde. Seine formlosen Kleider waren mit Schutt und Erde bedeckt, und er glich jenen Untoten, von denen die Legenden auf Haiti erzählen. Mit größter Vorsicht kletterte Kafka herunter und stellte sich auf eine regelrechte Belagerung ein.

Einige Minuten vergingen, in denen Kafka gespannt auf jedes Geräusch lauschte und sich schließlich wunderte, daß der andere es nicht besonders eilig zu haben schien, in das Büro einzudringen. Dann sah er sich wie automatisch in dem ihm noch nicht recht vertrauten Raum um. Er entdeckte eine zweite Türe hinter dem kleinen Tisch, auf dem Oskar und Ludwig jeden Morgen ihre Spazierstöcke und ihre Hüte ablegten. Er zögerte keine Sekunde, rückte den Tisch zur Seite und versuchte, die Türe zu öffnen, die sich zunächst nicht bewegen ließ, dann aber doch nachgab. Es war dunkel in dem schmalen, Kafka völlig unbekannten Gang, auf den diese Geheimtür hinausführte. Doch auch diesmal zögerte der junge Mann nicht, ihn so geräuschlos wie möglich zu betreten. Er ging diesen Korridor bis zu den ersten Stufen einer Wendeltreppe entlang, die in die unteren Stockwerke führte.

Während er hinabstieg, hörte er über sich ein gewaltiges Krachen: soeben hatte der Mann mit den verzerrten Gesichtszügen das Bollwerk durchbrochen, das den Zugang zu Kafkas Büro verteidigen sollte. Daraufhin begann der junge Mann schneller zu laufen. In einer Art Trance eilte er die Stufen hinunter, ließ die Stockwerke hinter sich und wunderte sich, noch immer nicht im Erdgeschoß angelangt zu sein.

Plötzlich war die Treppe zu Ende, und er stand vor einer vergitterten Türe: vor der Türe eines der privaten Aufzüge der Direktoren. Er drückte auf den Knopf, und hoch über ihm begann ein Motor zu surren.

Nur zögernd betrat Kafka die an einem Kabel hängende, enge Kabine und schloß das Gitter. Er betätigte den Schalthebel zur Abwärtsfahrt des Fahrstuhls, und dieser begann sich langsam, wie mit Vorsicht, in Bewegung zu setzen. Einige Sekunden lang wurde Kafka von einem schrecklichen Schwindelgefühl erfaßt und wurde sich der Art dieser Bewegung nicht sofort bewußt. Doch plötzlich begriff er mit Entsetzen, daß der Fahrstuhl sich nicht abwärts, sondern *aufwärts* bewegte! Dabei hatte er sehr wohl den Hebel mit der Aufschrift »Abwärts« betätigt. Was war los? Ein Stockwerk tauchte auf, und – ungeachtet der elementarsten Vorsichtsmaßnahmen – versuchte Kafka, die Türe zu öffnen. Der Fahrstuhl bewegte sich immer noch aufwärts. Übelkeit erfaßte Kafkas Magen.

Drei Stockwerke zogen auf diese Weise an der Kabine vorbei, die auf der vierten Etage plötzlich und unerwartet innehielt.

Der Flur lag im Dunkeln. Zitternd vor Angst stieß Kafka die Gittertür auf. In diesem Augenblick legte sich eine Hand auf seine Schulter, und er hörte ein schreckliches Hohngelächter: der Mann mit dem verzerrten Gesicht hatte ihn erwischt!

Kafka spürte, wie seine Beine unter ihm wegsackten. Das Ungeheuer hatte ihn nun mit beiden Händen an den Schultern gepackt und schüttelte ihn wie einen nassen Lappen. Trotzdem hatte Kafka die Kraft, ins Innere der Kabine zurückzuweichen, die so eng war, daß der Mann mit den gewaltigen Schultern ihm nicht folgen konnte. Kafka kämpfte wie verbissen, um der gemeinen Umklammerung in einem letzten Versuch zu entkommen. Schließlich gelang es ihm, und mit der Kraft der Verzweiflung schlug er die Tür zu. Der Mann stieß eine Art Schmerzensschrei aus und ließ sofort los. Taumelnd wich er zurück, und Kafka sah, wie er sich mit den Händen – mit diesen riesigen Pranken, deren bloßer Anblick Kafka schon fast ohnmächtig werden ließ – an den intimsten Teil seines Körpers faßte.

Kafka spürte, wie sein Gesicht im Halbdunkel des Fahrstuhls errötete. Doch er nutzte die unverhoffte Atempause, die ihm dank dieser ungeschickten Bewegung, die ihn bei einer anderen Gelegenheit in schreckliche Verlegenheit gestürzt hätte, gewährt wurde, und betätigte den Hebel der Kabine, die unverzüglich abwärts zu fahren begann. Kafka schloß die Augen und flehte das Schicksal an, ihn dieser abscheulichen Kreatur ein für allemal entkommen zu lassen. Es vergingen einige Sekunden, die Kafka wie eine Ewigkeit vorkamen, ehe die Kabine endlich das Erdgeschoß erreichte. Kafka eilte hinaus auf einen der – wie es ihm schien – Hinterhöfe des Gebäudes der Versicherungsanstalt. Einen Augenblick später erreichte er den Eingang und stürmte buchstäblich auf die menschenleere Straße hinaus.

Der Polizist war verschwunden.

Neuntes Kapitel

Diesmal war die Filmspule wirklich zu Ende. Elsa stieß einen Seufzer des Bedauerns aus – die Unterbrechung kam in einem äußerst spannenden Moment. Wie gewohnt erhob sich Miroslav und ging schweren Schrittes zum Schalter. Im Licht der Wandleuchter ähnelte Galeens *Loft* der Höhle eines Zauberers, der fähig ist, die Vergangenheit auf einer der Wände seines Schlupfwinkels wieder aufleben zu lassen...

Clive streckte sich.

Die Stimme von Francina Roßmann überraschte beide, denn sie war zum *Ton* der Erinnerung geworden, die wahre oder nur fiktive Momente aus Franz Kafkas Leben neu erschuf. Miroslavs Cousine machte einen heiteren, gelösten Eindruck, und ihre Stimme klang völlig anders als bei der vorangegangenen Unterbrechung. Sie schien, so kam es Elsa vor, ihren Vetter zur Eile zu drängen, damit sie schnellstens zu einem anderen Abschnitt der Zeit und des Raums von Prag zurückkehren könnten.

»Am Ende glaube ich das alles noch«, flüsterte die junge Frau Clive ins Ohr, der, ohne sich ihr zuzuwenden, mehrmals mit dem Kopf nickte und dessen Schatten sich in den nun wieder anlaufenden Filmbildern verlor. Galeen hatte den Projektor verrückt, um die Linse neu einstellen zu können, so daß die ersten Zentimeter der dritten Spule sich auf der Wand und auf den Schatten der beiden jungen Engländer verirrten.

Kafka stand reglos an einer Straßenecke seines Viertels, unweit des Hradschin-Platzes, wo tagsüber etliche Leute vorbeikamen, die er kannte und mit einem Kopfnicken oder einem schüchternen Lächeln grüßte. Auf irgend etwas oder irgend jemanden wartete er. Doch handelte es sich nicht um die Ecke seiner *eigenen Straße*? Da alles völlig normal schien, ging er weiter und näherte sich der Tür seines Hauses.

Hinter ihm sagte eine Stimme:

»Sie glauben also, bei sich zu Hause wären Sie in Sicherheit, Doktor Kafka?«

Er erkannte die Stimme eines seiner Gehilfen, drehte sich langsam um und sah, wie Oskar auf ihn zukam. Im selben Moment fügte eine andere Stimme hinzu:

»Es hat keinen Sinn, ein tiefes Loch zu graben, um sich darin zu verstecken, denn irgendwelche Spuren werden Sie *immer* hinterlassen.«

Es war Ludwig, der sich ihm nun ebenfalls näherte.

Kafkas Blick verlor sich zwischen den beiden jungen Männern, so als hätte er sie am liebsten einfach ignoriert.

»Man hat uns befohlen, Sie ins Schloß zu bringen«, sagte Oskar.

Kafka zog den Kopf ein.

»Ich gebe zu, daß ich irgendwie damit rechnete. Allerdings nicht *mit Ihnen*. Ich dachte eher an Bürgel.«

Unter dem belustigten Blick seines Kollegen hielt Oskar einen Revolver so in der Hand, wie ein Kind das hätte tun können.

»Man würde Bürgel nie ins Schloß lassen«, sagte Ludwig überzeugt. »Und was Sie betrifft, so können Sie das als ein unübliches Entgegenkommen betrachten!«

Kafka hob erneut den Kopf und sah dem Jungen in die Augen:

»Ich erwarte kein Entgegenkommen vom Schloß, sondern verlange nur, daß man meine Rechte respektiert.«

Mit dem Revolverlauf deutete Oskar den Weg an, und wie ein Gefangener ging Kafka los, flankiert von seinen beiden Gehilfen.

Mit sanfterer Stimme fuhr Ludwig, der neben ihm marschierte, fort:

»Die Behörde hat uns um Hilfe gebeten. In einer Angelegenheit wie dieser ist es besser, sich direkt an die betroffene Dienststelle zu wenden, auch wenn gewisse Leute glauben, das alles sei aussichtslos.«

Sie hatten den großen Platz vor dem Schloß erreicht. Das gewaltige Bauwerk schien sie zu erdrücken. Angesichts der Erhabenheit dieses Ortes schienen die drei Seite an Seite vorangehenden Gestalten von einer Art heiliger Furcht erfaßt zu werden. Oskar sagte:

»Ich rate Ihnen, im Schloß keine Dummheiten zu machen. Das könnte dem Ansehen, das Sie genießen und um das es alles in allem gar nicht so schlecht bestellt ist, erheblich schaden, Doktor Kafka!«

Kafka hörte ihm nur mit halbem Ohr zu, denn er begann sich zu fragen, aus welchem sonderbaren Grund seine beiden Entführer nun plötzlich diesen gewundenen Pfad eingeschlagen hatten, der sie vom Schloß wegführte. Vielleicht wollten sie es durch eine Geheimtür betreten?

Aus entgegengesetzter Richtung kam ihnen auf einmal eine schwankende Gestalt entgegen. Der Mann mußte betrunken sein, denn er sang eines jener Klagelieder, die, sobald es Nacht geworden war, aus den Prager Altstadtkellern ertönten. Sein Gesicht war hinter einem breitkrempigen Hut verborgen, und auf dem Rücken trug er einen großen, dunklen Leinensack.

Kafka trat zur Seite, als der Mann mit immer noch unsicheren Schritten an ihnen vorbeiging. In diesem Augenblick sagte Ludwig:

»Eigenartig, Doktor Kafka, daß ein Mann wie Sie sich auf solche Nachforschungen eingelassen hat.«

»Aber nein, nicht ich bin es, der sich auf diese Nachforschungen eingelassen hat, sondern es sind vielmehr die Nachforschungen, die mich nicht mehr loslassen«, erwiderte Kafka entrüstet.

Da er den Kopf eingezogen und den Rücken gebeugt hatte, merkte er nicht sogleich, was um ihn herum geschah. Als er sich jedoch nach Ludwig umdrehte, weil dieser zu seiner Überraschung nichts entgegnete, stellte er fest, daß der Junge verschwunden war! Auch Oskar war nirgendwo mehr zu sehen. Kafka hielt inne und ging dann einige Meter zurück. Dort lagen seine beiden Gehilfen am Boden und waren bewußtlos von den heftigen Schlägen, die der Betrunkene ihnen soeben mit seinem großen Sack verpaßt hatte. Der Mann hatte die Ränder seiner Kopfbedeckung hochgeschlagen, und mühelos konnte Kafka erkennen, daß es sich um den Steinmetz Bizzlebeck handelte!

Lachend schüttelte Bizzlebeck den Inhalt seines Sackes –

offensichtlich Werkzeuge, Hämmer und Meißel –, deren Gebrauch sich als äußerst wirksam erwiesen hatte: Ludwig und Oskar rührten sich immer noch nicht.

»Wissen Sie«, begann der Steinmetz, »jedesmal, wenn ich zwei Männer auf mich zukommen sehe, die einen dritten in ihrer Mitte haben, weiß ich, daß dieser dritte *für meinen Friedhof bestimmt* ist!«

Er bückte sich, schulterte seinen Sack und fuhr fort:

»Komischer Zufall, daß wir uns hier begegnen, finden Sie nicht?«

Kafka war bestürzt angesichts dessen, was soeben geschehen war, und suchte verzweifelt nach Worten:

»Ich... ich war auf dem Weg ins Schloß. Aber ich gebe gerne zu, daß ich mich lieber ohne Begleitung dorthin begebe.«

Mit Verschwörermiene trat Bizzlebeck näher.

»Es gibt weit weniger offizielle Wege, um ins Schloß zu gelangen.«

Die Nacht rückte vor, und Kafka, der schnellen Schrittes neben Bizzlebeck marschierte, war nun ganz und gar nicht mehr der ängstliche und verzweifelte Mann, dem die wenigen Passanten am frühen Abend auf dem Schloßplatz begegnet waren.

Sie hatten die kleinen Gassen mit den holprigen Pflastersteinen verlassen und ihren Weg auf grasüberwucherten Pfaden fortgesetzt, die nur mehr vom Mond erhellt wurden. Nun hatten sie die ersten Gräberreihen des Friedhofs erreicht, der an einem Hang unterhalb der Schloßmauern lag. Sie hatten das Reich Bizzlebecks betreten, des

Schöpfers dieses Marmorwaldes und der vom Blut der Toten genährten Grabsteine. Ohne besonderen Grund dachte Kafka an das Orchester der *Titanic* – es hatte bis zum bitteren Ende weitergespielt und den verzweifelten Passagieren jegliche Hilfe verweigert. Kafka hingegen war voll dumpfer Hoffnung, denn Bizzlebeck hatte ihm versprochen, ihn ins Schloß zu führen. Das Mondlicht beschien die Mappe, die Kafka in der Hand hielt, jene Mappe, die Gabriela in Eduards Zimmer liegengelassen hatte. Die Bombe, die sich darin befand, war eine Art Talisman, den sein verstorbener Freund ihm vermacht hatte, eine weitere Quelle der Hoffnung.

Auf ihrem Weg durch das Friedhofslabyrinth verschwanden Kafka und Bizzlebeck hin und wieder im Schatten der riesigen Mausoleen, welche die angesehenen Prager Bürger sich errichten ließen, um ihren Konkurrenzkampf über den Tod hinaus fortsetzen zu können.

Der Steinmetz ereiferte sich. Ständig gab er seine Kommentare zu diesen oder jenem Detail der eigenartigen Architektur dieser Miniaturkapellen ab, dieser Pavillone, die genausogut in den am Ufer tiefer Seen gelegenen Parks wohlhabender Großgrundbesitzer hätten stehen können.

Kafka hörte tausend Geräusche, die die Nacht um sie herum belebten. In den Baumkronen tobte der Wind. Vögel tauschten ihre Botschaften aus. Doch da war noch etwas. Eine Art Knarren, das aus der Erde oder aus dem Innern der Mausoleen, deren Eingänge meist von kunstvoll gearbeiteten Gittern versperrt wurden, zu kommen schien. Dieses Knarren erinnerte Kafka an das im Archiv der Versicherungsanstalt, und die Vorstellung, daß es sich damals um Vorzeichen dessen gehandelt hatte, was er nun erlebte, erregte ihn.

Er hatte blindes Vertrauen in Bizzlebeck, und obwohl er sich nicht im geringsten für die Geheimnisse der Gräberarchitektur interessierte, gab er vor, den Erläuterungen seines Begleiters mit großer Aufmerksamkeit zuzuhören. Geduldig wartete er auf den Moment, in dem der andere zu ihm sagen würde:

»Sind Sie bereit, das Schloß durch den ungewöhnlichsten aller Eingänge zu betreten?«

Er wußte nicht, ob er diese Worte nur geträumt oder ob der Steinmetz sie tatsächlich an ihn gerichtet hatte. Doch dann spürte er, wie der Mann seine kräftige Hand auf seinen Arm legte und ihm den einzuschlagenden Weg wies. Sie mußten sich zwischen zwei Reihen bescheidener Grabsteine und durch feuchte, wohlriechende Büsche hindurchzwängen. Dann deutete Bizzlebeck auf einen kleinen Hügel, auf dem eine breite Marmorplatte lag.

»Hier ist es«, sagte Bizzlebeck und wandte Kafka sein Gesicht zu, das in sehr harten, fast schwarzen Stein gehauen zu sein schien. Er half Kafka, den rutschigen Hügel hinaufzuklettern. Die Steinplatte war gewaltig und trug eine Inschrift, die nicht zu entziffern war und von der Kafka meinte, sie sei in seiner Sprache verfaßt, die weder ihm noch der Mehrheit der zivilisierten Menschen bekannt sei. Über den Buchstabenreihen war eine tief eingemeißelte, kleine Zeichnung zu erkennen, die eine Blume darstellte, deren Blütenblätter wie die einer Rose ineinander verschlungen waren und die eingraviert war in ein Oval, das seinerseits von einem Dreieck umschlossen war.

Die Fäuste in die Hüften gestemmt, fragte Bizzlebeck:

»Bedauern Sie es nicht, sich nicht doch für die ›offiziellen Wege‹ entschieden zu haben? Noch können Sie es sich anders überlegen …«

Kafka antwortete mit fester Stimme:

»Nein, mein Freund, ich bin fest dazu entschlossen. Ich möchte den Behörden ohne Begleitung gegenübertreten. Allein und so bald wie möglich.«

In diesem Moment hielt er den Griff der Mappe, deren Gewicht seinen Arm ganz steif machte, noch fester umklammert.

»Die Figuren in Ihren Geschichten zeigen die gleiche Entschlossenheit. Und … gestatten Sie mir Ihnen zu sagen, daß ich stolz bin, von Ihnen als *Freund* betrachtet zu werden.«

Er deutete auf die Marmorplatte und fügte hinzu:

»Vor einigen Wochen habe ich entdeckt, daß dieses Grab leer ist.«

Bizzlebeck beugte sich über eine der Kanten des dunklen Blocks und griff nach einem Hebel, den er an sich zog. Die Platte ragte nun senkrecht in die Höhe, so daß Kafka den nicht entzifferbaren Text plötzlich ganz nah – fast unverschämt nah – vor Augen hatte. In dieser Position hielt die Platte inne. Erneut zeigte sich Bizzlebeck Kafka gegenüber äußerst zuvorkommend und half ihm, um den Marmorblock herumzugehen, ohne beim Anblick des jähen Abgrunds, der sich hinter dem riesigen Marmorblock auftat, Schwindel zu empfinden.

Kafka schloß die Augen, öffnete sie wieder und schaute in die Tiefe. Er erkannte das obere Ende einer Leiter, die aus der Öffnung herausragte.

»Der Leichnam, der früher hier lag, muß an einen anderen Ort hingebracht worden sein«, sagte der Steinhauer. »Zweifellos geschah das zur Zeit der Großen Pest, als die Ausgänge des Schlosses sorgfältig versperrt wurden. Die Schloßbewohner legten Geheimgänge an. Und das hier ist ein solcher!«

Während er sprach, setzte Bizzlebeck seinen Sack am Rand des Loches ab und holte eine Blendlaterne hervor, die er anzündete, bevor er sie Kafka reichte. Mit zitternder Hand griff dieser danach.

Er trat an die Leiter und beugte sich hinab. Er war zwar fest entschlossen, doch gleichzeitig so ungeschickt, daß Bizzlebeck ihm erneut zu Hilfe kommen mußte und ihm die Laterne abnahm.

»Ergreifen Sie die beiden Enden der Leiter, und steigen Sie dann langsam hinab. Und passen Sie auf, daß Sie die Laterne nicht fallen lassen!«

Er gab sie ihm zurück und beugte sich seinerseits über die Öffnung, während Kafka nach und nach im Loch verschwand.

»Der Schacht ist sehr eng. Bleiben Sie nur nirgendwo stecken!«

Kafkas Stimme drang nur sehr schwach aus dem Grab nach oben:

»Ich kenne nur wenige, die noch schlanker sind als ich.«

Dann verschlang ihn dieser finstere Schacht, vor dem er so wenig Angst zu haben schien.

Tief gebückt ging Kafka durch den feuchtkalten Schlauch, in dem er schnell vorankam. Den Griff der Laterne, deren Rauch ihn mehrmals zum Niesen reizte, hielt er fest umklammert. Seine Schuhe blieben in dem aufgeweichten Boden stecken und füllten sich nach und nach mit Erdklümpchen, doch nichts konnte Kafka aufhalten.

Als er zuvor die Leiter hinuntergestiegen war, hatte Bizzlebecks Stimme ihn einige Sekunden lang förmlich verfolgt. Das hatte dazu geführt, daß Kafka gegenüber diesem Mann, der sich für ihn zu interessieren schien, plötzlich Gewissensbisse empfunden hatte, stehengeblieben war und ein kurzes Gespräch angefangen hatte:

»Sie schätzen meine Texte, nicht wahr?«

»Wie ich Ihnen bereits sagte.«

»Dürfte ich Sie also um einen letzten Gefallen bitten?«

»Selbstverständlich.«

»Sollte mir etwas zustoßen... im Schloß... dann möchte ich, daß Sie in meine Wohnung gehen. Dort werden Sie meine Notizbücher finden. Die Hefte mit den Notizen für meine späteren Arbeiten. Ich möchte, daß Sie diese dann vernichten!«

»Was für eine komische Bitte!«

»Kann ich mich auf Sie verlassen?«

»Selbstverständlich.«

»Wenn Sie wirklich mein Freund sind, so werden Sie es tun, davon bin ich überzeugt.«

Mit neuem Schwung und weit nach vorne gebeugt hatte Kafka seinen Weg anschließend fortgesetzt. Das schwache Licht der Laterne vermochte die rabenschwarze Dunkelheit des Schlauchs kaum zu durchdringen.

Zu einem späteren Zeitpunkt in dieser endlosen Nacht erreichte Kafka das Ende des Tunnels und stieß fast gegen eine kleine Holztüre. Nachdem er sie sorgfältig abgetastet hatte, stemmte er sich mit aller Kraft gegen diese Türe, die weder einen Knauf noch ein Schloß hatte. Sie öffnete sich, und von einer Sekunde zur andern stand Kafka in einer völlig anderen Umgebung.

Endlich konnte Kafka sich wieder aufrichten. Sein Rükken hatte bereits zu schmerzen begonnen. Er sah, daß er in einer Art Kammer stand, deren Wände von Regalen voller Aktenordner verdeckt waren. Offensichtlich handelte es sich um ein Archiv. Als er die Laterne an den Rücken eines der dicken, sorgfältig aufgereihten Bände hielt, konnte er folgende Aufschrift lesen: »Frankensteins Domäne, 1909, X-III.«

Plötzlich wurde ihm schwindelig. Dieser Raum sah dem Zimmer, aus dem der Archivar das Orlac-Dossier geholt hatte, verblüffend ähnlich. Sogar eine Leiter war vorhanden und lehnte schräg an einem der Holzbretter.

Kafka ging zur Türe, die sich mühelos öffnen ließ. Dann stand er vor einer Treppe, einer sehr eigenartigen, verwirrenden Konstruktion. Die Anordnung der Stufen, die zu beiden Seiten des Korridors abwärts und aufwärts und jeweils auf Zwischenetagen mit völlig identisch aussehenden Türen führten, entsprach einer strengen Symmetrie – ganz gleich, ob der junge Mann nun nach oben oder nach unten schaute. Er stieg einige Stufen hinunter und öffnete wahllos eine der Türen.

★

In der Dunkelheit flüsterte Elsa Clive ins Ohr:

»Man fühlt sich wie in einem Bild von Escher. Weißt du, jene eigenartigen Konstruktionen, die vollkommen logisch zu sein scheinen, es in Wirklichkeit jedoch keineswegs sind. Man glaubt, er würde immer weiter in sich selbst hinabsteigen...«

★

Kafka sah einen unendlich langen, leeren Flur, in dem an verschiedenen Stellen Lichter angebracht waren. Und gleichzeitig vernahm er die charakteristischen Geräusche dumpf pulsierender Maschinen, die sich zu beiden Seiten hinter den Wänden des Korridors befinden mußten.

Als er sich nach rechts wandte, entdeckte er die ersten Stufen einer schmalen Steintreppe, auf die er ohne zu zögern losging. Mit flinken Schritten eilte er hinauf und drückte die Klinke einer kleinen Tür am Treppenende. Sie öffnete sich, und sogleich schlug Kafka der Lärm der zuvor bereits im Flur gehörten Maschinen viel lauter entgegen.

Kafkas Augen mußten sich erst an das Halbdunkel gewöhnen, das in diesem eigenartigen Raum herrschte. Vom Boden strahlte ein unruhig flackerndes Licht auf, dessen Bewegung, wie er unverzüglich begriff, dem Rhythmus der *dröhnenden Pulsationen* entsprach.

In der Mitte des Raumes kauerte ein Mann auf dem durchsichtigen, leuchtenden Boden. Er war dabei, wie Kafka zu erkennen glaubte, die gläserne Oberfläche zu reinigen, unter der etwas pochte, das das Herz eines riesigen, unbekannten Geschöpfes zu sein schien. Der Mann bemerkte Kafka und machte ihm ein Zeichen, so als würde seine Anwesenheit ihn nicht sonderlich überraschen. Er richtete sich auf und trat näher.

»Haben Sie sich verirrt?« fragte er, indem er sein schweißtriefendes Gesicht abwischte.

Angesichts der Ungeheuerlichkeit dieser Frage konnte sich Kafka ein Lächeln nicht verkneifen.

»Ja, wenn man so will. Ich suche die Abteilung Medizinische Akten.«

Der andere kratzte sich am Kopf und überlegte.

»Sie müssen wieder hinunter. Dann gehen Sie bis ans Ende des großen Ganges. Dort fragen Sie dann am besten noch einmal nach dem Weg.«

Kafka tat, wie der Mann ihm gesagt hatte. Als er den Korridor betrat, dessen Ende er nicht sehen konnte – was wahrscheinlich auf seine müden Augen zurückzuführen war –, hörte er Schritte. Er blieb stehen. Plötzlich wurde eine Seitentür geöffnet, und eine kleine Gruppe trat hervor: zwei Wächter und ein aufsässiger, sich wehrender Mann, der ihnen zu entwischen versuchte. Um ein Haar wäre ihm das sogar geglückt, so daß einer der Wächter sich mit besorgter Miene und gleichzeitig mit unglaublicher Selbstverständlichkeit an Kafka wandte:

»Tun Sie uns einen kleinen Gefallen, mein Lieber. Könnten Sie ihn am Arm festhalten?«

Kafka gehorchte, wobei er die Mappe unter seinen rechten Arm klemmte.

Der Gefangene starrte ihn an, und Kafka glaubte, sein Gesicht wiederzuerkennen. Er war sicher, diesen Mann auf einem der Dokumente aus der Orlac-Akte gesehen zu haben. Der Name dieses Mannes hatte auf einem kleinen, unten am Foto klebenden Zettel gestanden: Emil. Dieser Name war Emil.

Kafka hielt den Mann so lange am Arm fest, bis die beiden Aufseher die Situation erneut unter Kontrolle hatten. Allerdings handelte es sich um zwei junge Wächter, die vom Verhalten des Gefangenen überrascht worden waren. Als einer der beiden Emils zweiten Arm nach hinten zu biegen versuchte, fiel ein Papierbündel aus seiner Tasche.

Nachdem Kafka dem Aufseher den festgehaltenen Arm »überlassen« hatte, bückte er sich entgegenkommenderweise und hob die Papiere auf. Im nächsten Augenblick setzte das Trio seinen Weg fort, ohne sich bei Kafka zu bedanken, und trat durch eine Tür. Kafka folgte ihnen entschlossenen Schrittes und betrat hinter ihnen einen Raum, in dem mehrere uniformierte Männer um einen Stuhl standen, dessen bloßer Anblick Kafka schaudern ließ. Dieser Stuhl sah aus wie einer jener elektrischen Stühle, auf denen in Amerika Hinrichtungen vollstreckt wurden.

Emil wurde zu diesem Stuhl geführt, mit Gewalt darauf gesetzt und mit Händen und Füßen sorgfältig daran festgebunden. Einer der uniformierten Männer schien wütend zu sein.

»Es wird aber auch Zeit«, sagte er, »fast hätte ich die Geduld verloren.«

Einer der Wächter murmelte in unterwürfigem Ton:

»Wir hatten Schwierigkeiten mit ihm. Es war nicht so leicht...«

Der andere zuckte mit den Schultern und fuhr fort: »Nun gut, beeilt euch und *bereitet ihn vor*!«

Dann wurde Kafka, dessen Anwesenheit seltsamerweise niemandem verdächtig oder auch nur merkwürdig vorzukommen schien, Zeuge dieser Vorbereitung. Klemmen, die an elektrischen Kabeln mit dem Stuhl verbunden waren, wurden an Emils Gliedmaßen, vor allem aber an seinem Kopf befestigt, der bald mit unzähligen Elektroden bedeckt war. Als Kafka sich umsah, bemerkte er, daß drei Wände des Raums mit Regalen verkleidet waren, auf denen Glasfläschchen mit farbigem Inhalt standen – ob mit flüssigem oder mit festem Inhalt, das konnte er nicht erkennen. Die vierte Wand war verglast, und dahinter bewegten sich Gestalten wie bei einem stummen Ballett. Von jenseits dieser gläsernen Zwischenwand drangen metallene Geräusche herüber.

Kafka hielt nach wie vor das Papierbündel in der Hand. Er fragte sich, wem er es aushändigen sollte. Als er sich umsah, entdeckte er noch andere Männer im Raum: zwei Angestellte in weißen Kitteln, die an einem Tisch saßen und damit beschäftigt waren, Diagramme auf große Papierbögen zu zeichnen. Sie schienen sich dieser Arbeit mit größter Konzentration zu widmen. Auch sie hatten dem Neuankömmling keine besondere Aufmerksamkeit geschenkt.

Hinter dem Tisch bemerkte Kafka eine Art schmales Fließband, das den Raum an einer Wand entlang durchquerte und mit dessen Hilfe offenbar die in den einzelnen Dienststellen dieser Abteilung benötigten Dokumente befördert wurden. Der junge Mann zweifelte nun nicht mehr daran, sich genau an dem Ort zu befinden, an den er gelangen wollte. Er trat an den Tisch, und mit zitternder Hand überreichte er einem der weißgekleideten Männer die Papiere. Dieser nahm sie entgegen, ohne auch nur den Kopf zu heben.

Dann tauchte plötzlich ein Mann in einem weiten, weißen Mantel auf. Sein gleichzeitig feierlicher und listiger Gesichtsausdruck löste in Kafka eine Erinnerung aus. Auch dieser Mann wurde in der Orlac-Akte erwähnt: es handelte sich um jenen Doktor Murnau, von dem der Archivar ihm erzählt hatte!

Mit einem Lächeln auf den Lippen ging Doktor Murnau auf Kafka zu. Der Arzt schien einen alten Bekannten zu begrüßen.

»Ein eigenartiges Schauspiel, nicht wahr?« sagte er.

»Hm... in der Tat«, antwortete Kafka, der nicht so recht wußte, wie er sich verhalten sollte.

Murnau runzelte die Stirn:

»Sie sind wohl nicht von hier, mein Freund?«

Trotzig drückte Kafka die Ledermappe an sich und erwiderte in entschlossenem Ton:

»Nein. Ich bin auf dem Weg zur Abteilung Medizinische Akten, und ich...«

Murnau lächelte:

»Da will auch ich gerade hin. Begleiten Sie mich doch!«

Er ging zur Tür, gefolgt von Kafka, der dem unglücklichen, nun völlig an den Stuhl gefesselten Emil einen letzten Blick zuwarf.

»Bedauerlicherweise war Kafka entgangen, was hinter der Glaswand passierte«, sagte die Frauenstimme, die seit geraumer Zeit nicht mehr zu hören gewesen war. »Andernfalls hätte er zu seiner größten Überraschung gesehen, daß Gabriela Roßmann sich in einer ähnlichen Lage befand wie Emil und ebenfalls ihren Peinigern ausgeliefert war. Auch wenn sie ihrem traurigen Schicksal im Moment noch überlassen und mit langen, schmalen Lederriemen geknebelt und an einen Sessel gefesselt war, der einem Zahnarztstuhl glich.«

Doch im nächsten Augenblick näherten sich ihr zwei Männer. Bei ihrem Anblick begann Gabriela, wild um sich zu schlagen. Weniger aus Mitgefühl als aus Spaß befreite einer der Männer sie von ihrem Knebel, und die ersten Worte der jungen Frau lauteten:

»Du Dreckschwein!«

Der andere Mann hielt drei Fläschchen in der Hand, die jenen glichen, die Kafka in dem Raum gesehen hatte, in dem Emil gefangengehalten wurde: Flaschen mit verschiedenfarbigen Flüssigkeiten, die, je nach Farbe, zu einem bestimmten intravenösen Injektionssystem gehörten. Sowie Gabriela die Flaschen sah, schien sie ihre Beherrschung wiederzufinden und beruhigte sich. Ihre Augen flehten um Mitleid, doch es half nichts. Der Mann stellte eine der Flaschen auf einen Dreifuß, befestigte das Ende des Schlauchs am Verschluß der Flasche und setzte die Nadel an Gabrielas Arm.

»Nun werden wir uns ein wenig miteinander unterhalten, Fräulein Roßmann«, sagte der Mann, der sie vom Knebel befreit hatte.

Gabrielas nervöses Lachen schüttelte ihren ganzen Körper.

»Fräulein, ich bitte Sie«, zischte der andere, der sie am Handgelenk festhielt.

»Schweine seid ihr! Dreckskerle!«

Der Mann, der sie vernehmen wollte, wandte sich an den andern:

»So tu doch endlich was.«

Daraufhin öffnete der für die Flaschen verantwortliche Mann das Gefäß mit der helleren Flüssigkeit und schüttete diese in das mit der dunkleren Flüssigkeit. Anschließend musterte er den Inhalt des Fläschchens, so als wollte er die Durchflußmenge überprüfen.

»Wie fühlen Sie sich, Fräulein Roßmann?« fragte wiederum der andere, der allmählich nervös zu werden begann. Die junge Frau zappelte auf ihrem Stuhl. Sie schien im Moment entsetzliche Schmerzen zu haben.

»Probieren wir auch noch die letzte Flasche«, sagte der Mann, der immer ungeduldiger wurde.

Genau das taten sie, und Gabriela schien sich unter der geheimnisvollen Wirkung der trüben, weder sehr hellen noch sehr dunklen Flüssigkeit tatsächlich zu beruhigen. Ihre völlig ausdruckslosen Augen waren weit geöffnet.

»Na endlich! Ich glaube, jetzt geht's besser«, sagte derjenige, der die Fragen stellen sollte und sich ihr nun näherte, die Fäuste in die Hüften gestemmt.

»Ich erkenne Sie wieder«, sagte die junge Frau.

»Ach! Jetzt geht's schon viel besser.«

Gabriela wirkte auf einmal sehr gefaßt, so als wäre sie sich des Ernstes der Lage wieder bewußt geworden.

»Es sind stets die kleinen Mitläufer..., die als erste schwach werden... wenn die Dinge sich zu verschlechtern beginnen!«

Der andere seufzte entmutigt.

»Ich fürchte, wir werden heute keine großen Fortschritte machen.«

Er drehte sich zu dem Mann mit den Flaschen um und deutete mit dem Daumen einer Hand nach unten. Unter Gabrielas trübem Blick griff dieser erneut zu der Flasche mit der dunkelsten Flüssigkeit.

»Man wird Sie an Stricken aufhängen, die aus Polizistendärmen angefertigt wurden.«

Die Flaschen wurden immer schneller hin und her gereicht, während Gabriela immer heftiger zappelte. Der andere wischte sich den Schweiß von der Stirn.

Mittlerweile stand Gabriela der Schaum vor dem Mund.

»Ihr elenden... ihr elen...«

Sie warf den Kopf nach hinten und blieb regungslos liegen – wie unter Schock.

Die beiden Männer gerieten in Panik. Der für die Flaschen Verantwortliche wußte nicht mehr, auf welche Flasche er zurückgreifen sollte. Der andere beschimpfte ihn und schüttelte die junge Frau, die noch immer nicht zu sich kam. Dann begann er, seinen Kollegen anzuschreien:

»Du hast ja überhaupt keine Ahnung!!«

Der Mann mit den Flaschen hantierte immer noch herum. Plötzlich schrie er laut auf, denn er hatte sich in den Finger gestochen. Er sagte:

»Ich werde etwas anderes probieren...«

Unterdessen marschierten Kafka und Doktor Murnau durch die Flure des Schlosses. Ihr Weg schien kein Ende zu nehmen, und Kafka spürte seine Beine bereits nicht mehr. Zudem mußte er sich gewaltig anstrengen, damit seine Hand sich nicht am Griff der Mappe verkrampfte.

Murnau war sehr gesprächig, und Kafka stellte ihm ständig neue Fragen.

»Was diese ›Klinik‹ betrifft... Man war gerade dabei, Kranke vorzubereiten. Ich fand das eher erschreckend. Wie denken Sie darüber, Doktor?«

Murnau näherte sich ihm und beugte sich vertraulich zu ihm hinüber:

»Unter uns gesagt... Und behalten Sie es für sich, ja...«

»Natürlich, natürlich«, versicherte ihm Kafka.

»Nun, ich bin hier lediglich als Oberaufseher tätig. Im Grunde ein einfacher Angestellter... wie alle andern auch!«

Kafka nickte mit dem Kopf.

»Ich werde diese Vertraulichkeit für mich behalten, Doktor.«

Murnau sah ihn vertrauensvoll an.

»Stellen Sie sich vor, man wollte mich durch eine... eine effizientere Person, wie sie es nannten, ersetzen. Wissen Sie, was das heißt?«

Diesmal zeigte Kafka seine wahren Gefühle:

»Ich bin nicht sicher, Sie richtig verstanden zu haben, Doktor Murnau.«

Dieser nickte zweimal mit dem Kopf und begriff die Verwirrung seines Begleiters.

»Nun, es steht fest, daß das chemische Gleichgewicht des Menschen verändert werden kann...« – er tippte sich mit der Hand an den Kopf – »... doch das eigentliche Problem besteht darin herauszufinden, auf welche Weise und in welchem Umfang... Herauszufinden, wieso eine bestimmte Person eher zum Fröhlichsein als zu Wutausbrüchen, eher zur Frömmigkeit als zum Scherzen neigt.« – Seine Hand machte eine wirbelnde Bewegung. – »Wieso jemand sich von dieser oder jener Farb- oder Tonkombination stärker angezogen fühlt. Wieso jemand eher für Sarkasmus oder für sexuelle Begierde empfänglich ist, verstehen Sie?«

Kafka staunte.

»Wie stark die verabreichte Dosis auch ist, meiner Meinung nach könnte man sie vielleicht herabsetzen...«

Diese Worte schienen Murnau nicht zu überzeugen:

»Es handelt sich um eine sehr ungenaue Wissenschaft, mein Lieber.«

»Ich glaube, ich bin einigen dieser Ungenauigkeiten begegnet, wenn ich so sagen darf«, entgegnete Kafka in ironischem Ton.

»Gewiß, gewiß... Doch ich glaube, *sie* tun nur das, was man von ihnen verlangt.«

»Spielen Sie damit etwa auf die ›effizienteren Personen‹ an, Doktor?«

Murnau lachte:

»Langsam, langsam! Zuerst kommt die Physiologie, dann erst die Ideologie.«

Sie erreichten eine Abzweigung, und der Doktor bog entschlossenen Schrittes nach links in einen breiteren Flur ab, in dem mehrere Personen in weißen Kitteln geschäftig hin und her liefen. Mit teilnahmsloser Stimme fragte Kafka:

»Sind wir endlich am Ziel angekommen?«

Er hielt die Mappe nun mit einer gewissen Selbstsicherheit in der Hand.

»Ich habe nämlich...«, fuhr er fort, »ein sehr wichtiges Thema mit dem Leiter der Abteilung Medizinische Akten zu besprechen.«

Murnau antwortete nichts, sondern packte ihn am Arm, führte ihn zu einer Art Vertiefung und deutete auf eine Tür. Dann trat er ganz nah an Kafka heran und murmelte in leidenschaftlichem Ton:

»Er... er hat Sie *rufen lassen*, nicht wahr?«

»Ja... ja, so ist es«, antwortete Kafka, ohne mit der Wimper zu zucken.

»Interessant. Sie müssen nämlich wissen, daß am Montag ein anderer Mann, auch er ein Angestellter der Abteilung Berichterstattung, vorgeladen war. Aber er ist nie gekommen!«

»Was hat man mit ihm getan?«

Murnau flüsterte entsetzt:

»Man hat ihn umgebracht.«

»Wissen Sie, aus welchem Grund man ihn umgebracht hat?«

»Anscheinend... nun, soweit ich feststellen konnte...«

Murnau wirkte plötzlich sehr befangen, so als würde er es bereuen, sich Kafka anvertraut zu haben.

»Ja?« fragte Kafka und sah ihn eindringlich an.

»Anscheinend handelte es sich um einen... um einen Klassifizierungsfehler.«

»Um einen Klassifizierungsfehler! Wie ist das möglich?«

»Sehen Sie«, sagte Murnau und fingerte am Knoten seiner Krawatte, »anscheinend hatte man ihm ein Dokument aus einem Dossier zukommen lassen... ein Dokument, das *unerwünscht* war...«

»Und wieso kann das dazu führen, daß...«

»Das ist mehr als genug, um einen Mord zu rechtfertigen... als Ausgleich für einen anderen Tod, der noch nicht eingetreten ist.«

Allmählich begriff Kafka, worauf Murnau hinauswollte. Leise sagte er:

»Das Orlac-Dossier.«

Und nachdem er einige Sekunden lang die Augen geschlossen hatte, antwortete Murnau mit heiserer Stimme:

»Ja... Kafka...!«

Bei diesen Worten kam Murnau, dessen Gesicht das des jungen Mannes beinahe berührte, Kafka wie eine kaltherzige und zynische Person vor und keineswegs wie der ärztliche Oberaufseher, für den er sich ausgegeben hatte.

Kafka trat einen Schritt zurück, doch der andere packte ihn blitzschnell an den Schultern und stieß ihn gegen die Tür hinter ihnen. Mit sicherer Hand öffnete Murnau diese Tür und drängte Kafka in das schwachbeleuchtete Büro.

Atemlos drückte Kafka die Mappe an sich. Es gelang ihm, zu seiner Selbstsicherheit zurückzufinden, und er sagte zu dem Mann im weißen Mantel, der die Tür wieder schloß und sie zusätzlich verriegelte:

»Doktor Murnau, würden Sie mir bitte erklären, warum Sie die andern glauben lassen, Sie seien tot?«

Murnau pflanzte sich vor ihm auf:

»Wollen Sie das *wirklich* wissen?«

Er schnalzte mit den Fingern der rechten Hand, und Kafka hörte, wie im hinteren Teil des Büros ein Stuhl verschoben wurde. Eine Lampe wurde eingeschaltet, und wie durch Hexerei stand Kafka plötzlich Herrn Pick gegenüber, der mit dem Rücken an einem Aktenschrank lehnte und gerade dabei war, sich mit einem Skalpell die Fingernägel zu säubern.

Murnau blieb in der Tür stehen, so als wollte er jeden Fluchtgedanken seines Gefangenen von vornherein unterbinden. Er sagte:

»Die Arbeiter haben Frau und Kinder. Bislang wurde noch nichts Besseres gefunden, um die Fortpflanzung der Arbeiterklasse sicherzustellen. Doch wir interessieren uns für ihr Schicksal und halten es für eine sehr vernünftige Lösung, daß eine Versicherungsgesellschaft wie die Ihre den armen Witwen hilft, wenn deren Ehemänner bei der harten Arbeit im Bergwerk ums Leben gekommen sind.«

Während dieser kurzen Rede ging er zu dem massiven Schreibtisch, der in der Mitte des Zimmers stand.

»Das Volk möchte ins Industriezeitalter eintreten. Das Volk verlangt nach Fortschritt« – hinter ihm nickte Pick zustimmend mit dem Kopf – »und so *geben* wir ihm den Fortschritt!«

Kafka zuckte mit den Schultern:

»Ihre Tätigkeit hier hat mit Fortschritt nichts zu tun! Leichenschänder sind Sie!«

Er hatte plötzlich sehr laut gesprochen, so als wäre die Lage gar nicht so kritisch für ihn und seine Mission. Er schien wirklich sehr wütend zu sein. Herr Pick sah ihn erstaunt an und ging auf ihn zu, während er das Skalpell im Vorbeigehen auf Murnaus Schreibtisch legte. Dieser gab Pick ein beschwichtigendes Zeichen und fuhr in heiterem Ton fort:

»Ich würde es anders ausdrücken. Nennen wir es lieber: Wiederauferstehungsarbeit. Sehen Sie, ich bin wiederauferstanden.«

Kafka erwiderte in demselben spöttischen Ton:

»Doktor Murnau... Der heldenhafte Märtyrer von Orlac!«

Murnau hob die Hände zum Himmel, so als würde sein Gesprächspartner ihm unrecht tun.

»Nun ja, wir haben anderswo nach Opfern suchen müssen. Nach Leuten, die nichts an unserer... unserer Tätigkeit auszusetzen haben.«

»Leute wie Gabriela Roßmann?« fragte Kafka argwöhnisch.

»Leute, die sich so oder so bereits einer Verfehlung schuldig gemacht haben.«

Picks Stimme erwiderte Murnaus kurzes Auflachen.

Dieser beinahe animalische Kommentar von Pick ließ Kafka zusammenzucken. Seit einigen Sekunden hatte er ihn aus den Augen verloren. Doch nun plötzlich merkte er, daß der Mann neben ihm stand, aber da war es bereits zu spät, seiner Geste zuvorzukommen. Pick hatte die

Mappe an sich gerissen und reichte sie Murnau, der sie auf seinen Schreibtisch legte und sagte:

»Danke, Kafka.«

Anschließend begann er zu lachen, so als hätten er und sein Freund dem jungen Mann, der nun von einem nicht mehr zu unterdrückenden Angstschauder geschüttelt wurde, einen hübschen Streich gespielt.

»Hören Sie mir gut zu«, fügte Murnau hinzu, »ich spreche von Ihrer äußerst bemerkenswerten Arbeit als Schriftsteller. Ich muß zugeben, daß sie mich sehr angeregt hat. Zumindest das, was ich von Ihnen gelesen habe, hat mich von Ihrem Talent überzeugt. Sie müßten mehr publizieren! Oder sind Sie zu faul dazu? Oder hat es etwa mit einem zu großen Respekt vor der literarischen Form zu tun? Oder sollten auch Sie zu jenen Schriftstellern zählen, die keine Leser finden?«

Während er sprach, hatte Murnau die Mappe geöffnet und die Bombe entdeckt. Beim Anblick der Höllenmaschine gab er ein vielsagendes Brummen von sich. Dann schloß er die Ledermappe wieder.

In der Zwischenzeit war Kafka in panischer Angst zur Tür gestürzt, von der Pick im Moment recht weit entfernt stand. Doch das Schloß war verriegelt. Erneut stand Kafka jenen Männern gegenüber, die ihn entlarvt hatten, und wartete auf sein Urteil.

Murnau und Pick pflanzten sich vor ihm auf. Der Mann im weißen Mantel sagte in feierlichem Ton:

»Sie verachten mich, weil ich den Modernismus verkörpere. Doch Sie selbst stehen an der Spitze dieses Modernismus, den Sie bei den andern so sehr verachten,

Kafka. Um ihn kreist Ihr Schreiben. Sie tun nichts anderes, als auf seine Ausbreitung *hinzuarbeiten*. Der einzige Unterschied zwischen uns beiden besteht darin, daß ich... daß ich mich dafür entschieden habe, ihn...«

In diesem Moment warf Murnau sich förmlich auf Kafka, um ihn mit beiden Armen zu umklammern.

»...ihn festzuhalten!«

Gleichzeitig schaltete Pick die Schreibtischlampe aus, und anschließend drängten Murnau und er Kafka rücksichtslos in den hinteren Teil des Zimmers und öffneten dort die beiden Flügel einer Schiebetür, so daß sich die drei Männer im nächsten Augenblick im phantastischen Laboratorium des Doktor Murnau befanden.

★

Beim Anblick der Kulisse, die nun auf der Leinwand zu sehen war, konnte Elsa einen Schrei des Grauens und gleichzeitig der Bewunderung nicht unterdrücken – einen Schrei, den auch Kafka beim Betreten des Universums dieses wirklich wahnsinnigen Wissenschaftlers hätte ausstoßen können. Im Halbdunkel antwortete Clive ihr mit einem leisen, spöttischen Lachen, mit dem er seine eigenen Gefühle möglicherweise nur überspielen wollte. Henrik Galeen hatte sich bei der Ausstattung des Studios, in dem er eine Art mentale Projektion von Murnaus großer, medizinisch-soziologischer Wahnvorstellung nachgebildet hatte, selbst übertroffen: *das gigantische Mikroskop*.

»Diese Erfindung hatte gewaltige Arbeit gekostet«, sagte Francinas Stimme vom Tonband. »Die zwanzig Meter hohe Konstruktion in Form eines umgekehrten

Kegels setzte sich aus einer Reihe außergewöhnlich dicker Vergrößerungsgläser zusammen. Da sein Gastgeber ihn über eine auf halber Höhe des Apparats angebrachte Verbindungsbrücke ins Labor führte, hatte Kafka gleich zu Beginn eine Gesamtansicht des Mikroskops vor Augen. Als er den Kopf hob, sah er die durchsichtige Kuppel, die ihn kurz zuvor derart verwirrt hatte und die lediglich den oberen Teil des Mikroskops darstellte. Als er sich nach unten bewegte, konnte er die untere Spitze des gigantischen Instrumentes erkennen, die in diesem Moment auf den Kopf des unglücklichen Emil, dem Gegenstand der Untersuchung, gerichtet war.«

Murnau machte eine weit ausholende Handbewegung und sagte zu Kafka:

»Hiermit stelle ich Ihnen das vor, was uns am meisten Kopfschmerzen bereitete!«

Kafka hörte kaum, was Murnau sagte, so sehr stand er unter dem Schock dieses unwirklichen Anblicks. Er kniff die Augen zusammen und versuchte, den Schädel von Emil zu erkennen, der Murnaus Erfindung – wie eine Karyatide der neuen Wissenschaft – einzig und allein durch die Kraft seines Körpers zu stützen schien. Ein Mann in einem weißen Kittel, der einen Block und einen Bleistift in den Händen hielt, stand neben dem Versuchsobjekt und machte ständig irgendwelche Notizen.

Kafka spürte Picks Atem im Nacken, während Murnau sein Werk träumerisch betrachtete und fortfuhr:

»Hier sehen Sie das erfolgreichste Mittel, das jemals angewandt wurde, um das menschliche Hirn zu untersuchen, das heißt: um es zu begreifen...«

Kafka konnte den Blick nicht von dem Punkt abwenden, an dem das Mikroskop Emils Schädel berührte. Die verrücktesten Ideen schossen ihm durch den Kopf. So dachte er zum Beispiel an die unzähligen Geheimnisse, die im selben Moment endlich auf der Oberfläche der Kuppel sichtbar wurden. Emil strahlte wahrlich romanhafte Bilder aus, ununterbrochen wurden die verborgensten Winkel, die geheimsten Gedankengänge seines Hirns von Murnaus teuflischem Apparat und von seinen Assistenten untersucht. Der weißgekleidete Mann, der neben dem »Patienten« stand und dessen physische Reaktionen er auf einem Blatt Papier festhielt, wurde so zum scheinheiligen Komplizen desjenigen, der Emils Gedanken möglicherweise zur gleichen Zeit auf der größten Linse beobachtete. Welche Bilder mochten wohl auf der Kuppel zu sehen sein? Waren die Erinnerungen an den privaten und den öffentlichen Alltag in einer schematischen oder symbolischen Form im wechselnden Licht der großen horizontalen Leinwand zu erkennen? War Murnau in der Lage, diese mit Hilfe der Vergrößerungsgläser erhaltenen Bilder zu deuten, zu beurteilen und zu klassifizieren?

Kafka ließ seinen Blick durch das Labor schweifen und sah, daß das Fließband, auf dem die von dieser Abteilung benötigten Dokumente befördert wurden, den Teil des Raumes neben Emil durchquerte und daß die Assistenten abwechselnd Blätter und Instrumente von diesem Förderband holten oder dorthin trugen. Dem gleichen Zweck diente ein zweites Fließband, das sich senkrecht bewegte und nah an der Plattform vorbeiführte, auf der Kafka, Pick und Murnau standen. Letzterer griff nach einem

Papierbogen, der ihn über die Verfassung des Patienten oder über den Stand der laufenden Untersuchung informierte.

»Ihre Methodologie scheint von verblüffender Originalität zu sein, doch ich begreife rein gar *nichts* davon!« sagte Kafka zum Wissenschaftler. Er zog es vor, sich so teilnahmslos wie möglich zu zeigen und sich nichts von seiner gegenwärtigen Faszination anmerken zu lassen. Murnau nickte zustimmend mit dem Kopf und sagte mit zufriedener Stimme:

»Sie haben Ihre Werkzeuge, und ich habe meine. Im Grunde beneide ich Sie vielleicht sogar. Als Schriftsteller arbeiten Sie in der allergrößten Einsamkeit. Ich hingegen bin von lauter Idioten umgeben.« Er warf Pick einen Blick zu, der zweifellos besagen sollte, daß Murnau ihn nicht zu dieser Kategorie zählte. – »Wissen Sie, wenn ich eine Idee habe, dann bin ich, um diese Idee verwirklichen zu können, gezwungen, auf eine ganze Armee von Dummköpfen zurückzugreifen, die nichts, gar nichts von meinen Überlegungen kapieren. Sie hingegen brauchen nur sich selbst zu überzeugen. Mein lieber Kafka, wir kämpfen für ein und dieselbe Sache: für die Erforschung der unbekannten Sphären des menschlichen Hirns!«

Plötzlich nahm Kafka eine steife Haltung ein und sagte mit kühler Stimme:

»Es tut mir leid, aber ich bin ganz und gar nicht Ihrer Auffassung. Ich glaube nicht, daß wir dieselbe Arbeit tun.«

»Ob es Ihnen nun leid tut oder nicht, es hilft nichts, unsere Verwandtschaft leugnen zu wollen.« – Murnau schien keineswegs beleidigt zu sein. – »Es würde mich interessieren, wann Sie zuletzt eine Unterhaltung wie diese geführt haben – und mit wem.«

»Mit Eduard.«

Kafka schaute Murnau direkt in die Augen. Der andere hielt seinem Blick stand und fuhr mit einer gewissen Belustigung in der Stimme fort:

»War nicht er es, der uns zusammengeführt hat? Es gibt keine Zufälle im Leben. Und der Grund ist der, daß Sie und ich zwei außergewöhnliche Menschen sind. Weder Sie noch ich gehören zur breiten Masse, die diesen Planeten bevölkert, zu diesen gesichtslosen Menschen, von denen es hier nur so wimmelt!«

»Und was werden Sie tun, wenn diese gesichtslosen Menschen, wie Sie sie nennen, eines Tages Rechenschaft von Ihnen verlangen? Heute bin ich es, doch morgen werden *sie* es sein. Und sie werden kommen, ohne daß jemand sie zu Ihnen geschickt hat!«

»Ach! Wissen Sie, mit der Menge ist leichter umzugehen als mit Individuen. Für mich ist die Menge lediglich eine Gleichung. Das perfekte Gleichgewicht derer, die sie bilden und die ein und dasselbe Ziel vor Augen haben. Mehr nicht. Das Individuum hingegen halte ich für eine Art *Unreinheit*. Die Bestimmung des Individuums muß ständig in Frage gestellt werden.«

Kafka versuchte, das Zittern zu unterdrücken, das sich seines Körpers zu bemächtigen begann.

»Es ist… es ist schon mal vorgekommen«, sagte er, während er das gigantische Mikroskop betrachtete, »daß ich mehreren dieser *Unreinheiten* begegnet bin.«

»Die Ungenauigkeit! Sie stellt für mich das größte Übel dar. Es steht außer Zweifel, daß wir das chemische Gleichgewicht verändern können. Aber auf welche Weise – und in welchem Maße?«

Auch Murnau schien unter einer nervösen Anspannung zu leiden, die ihn immer wieder zu seiner Marotte zurückführte. Sein Blick war der eines Menschen, der einem wirklichkeitsfremden Bild der Welt zum Opfer gefallen ist. Er gleicht einem Gespenst der Zukunft, dachte Kafka, das davon träumt, die Erde der Katastrophe seines wahrscheinlichen Scheiterns zu unterwerfen. Doch bis auf weiteres war er – Kafka – der Gefangene dieses Verrückten.

Zehntes Kapitel

Die Leidenschaft erwächst aus der Gefahr. Das war eine von Kafkas Devisen, der nun ganz genau wußte, welches Schicksal Doktor Murnau ihm bereithielt.

Wenn das Vorhaben des Wissenschaftlers nicht *in extremis* noch durchkreuzt würde, würde Kafkas magere und langgliedrige Gestalt zweifellos bald Emils Platz auf dem Stuhl einnehmen und die Spitze des Mikroskops sich auf seinen Schädel richten. Blankes Entsetzen schüttelte ihn.

Im selben Augenblick gab einer der beiden weiter unten stehenden Assistenten Murnau ein Zeichen, woraufhin dieser sich über das Geländer beugte und fragte, was los sei. Der Mann schwang ein Blatt Papier voller kabbalistischer Zeichen. Mit einer Handbewegung gab Murnau ihm zu verstehen, daß er runterkommen würde. Er stieß Kafka jäh zur Seite und ging zur Tür.

Kafka, der mit Pick allein auf der Plattform zurückblieb, versank in der Betrachtung des Mikroskops. Der gewaltige Metallkegel wurde von mehreren Seilen gehalten, die an der Decke befestigt waren und mit deren Hilfe die Position der unteren Spitze eingestellt werden konnte. Diese Spitze war nicht länger als drei oder vier Zentimeter, während die Kuppel, von der Kafka lediglich die Umrisse sehen konnte, bestimmt einen Umfang von ungefähr fünfzehn Metern hatte.

Es kam, wie es kommen mußte. Pick legte Kafka unsanft die Hand auf die Schulter und befahl ihm, ihm zu folgen. Gemeinsam verließen sie die Plattform und stiegen eine Wendeltreppe hinab, die auf die Ebene führte, auf der das Experiment stattfand. Von dort aus betrachtet wirkte das Mikroskop noch eindrucksvoller.

Murnau ging langsam um Emil herum, dessen entsetzte Augen in ihren Höhlen rollten. Unaufhörlich murmelte der Wissenschaftler: »Das chemische Gleichgewicht! Wir müssen das chemische Gleichgewicht verändern...!« Kafka empfand tiefes Mitleid mit Emil, diesem Mann, der ihm mehr denn je wie ein Bruder vorkam. Er erinnerte sich an die Gedichte, die er am meisten liebte, an die schönsten Seiten der Literatur. Er wußte, daß sein Leben als freier Mensch zu Ende ging. Bald würde sein Hirn nur mehr ein vom Wirbelsturm, den Doktor Murnau ausgelöst hatte, völlig verwüsteter Speicher sein, ein riesiger, leerer Raum, in dem Männer in weißen Kitteln aufmarschieren. In einigen seiner Alpträume hatte sein Haus in der Alchimistengasse sich bereits in Sekundenschnelle in einen Ort verwandelt, an dem *verabscheuungswürdige* Menschen sich versammelten, um mit ihren krankhaften Blikken und mit einer Unverschämtheit, die beim Aufwachen einen ekelhaften Geschmack auf seiner Zunge zurückließ, seine Privatsphäre zu durchforschen.

Murnau ließ plötzlich von Emil ab und ging erneut auf Kafka zu, der reglos in der Nähe des Stuhls stand.

»Gott hat den Menschen nicht erschaffen, damit er glücklich sei, nicht wahr? Warum sollte ich also versuchen, daran etwas zu ändern?«

Ohne eine Antwort von Kafka zu erwarten, eilte der Wissenschaftler zum Fließband, das eine Reihe sonderbarer Instrumente ins Labor beförderte. Da begriff Kafka, daß er Gegenstand des nächsten Experiments sein würde: im grellen Licht des Laboratoriums schaffte das Fließband Dinge heran, die Kafka zwangsläufig wiedererkannte: eine tragbare Schreibmaschine, mehrere Füllfedern, Bücher, einen Taktmesser, seine eigene Schreibtischlampe... Der Gesichtsausdruck von Murnau, der ihn in diesem Augenblick ansah, als wollte er sich noch einmal seiner Anwesenheit vergewissern, ließ nicht mehr den geringsten Zweifel zu. Die Würfel waren gefallen.

Da erblickte Kafka die Mappe mit der Bombe, die Ledertasche, die er die ganze Nacht mit sich herumgetragen und die Pick ihm mit Gewalt entrissen hatte. Sie lag auf einem der Arbeitstische unweit der Stelle, an der Murnau gerade stand – doch weder der Wissenschaftler noch Pick, der am andern Ende des Labors in einem Liegestuhl saß, noch die weißgekleideten Assistenten schienen in diesem Moment an die Mappe zu denken. Dabei konnte Murnau unmöglich vergessen haben, daß sich in ihr eine Höllenmaschine befand.

Mit einem Mal wurde Kafka klar, daß er nicht wußte, wann genau die Bombe explodieren würde. Er hatte sich bislang nie Gedanken darüber gemacht. War sie mit einem Zeitzünder ausgestattet? Wenn ja, so hatte Murnau diesen bestimmt unschädlich gemacht, als er die Mappe öffnete. Möglich war allerdings auch, daß die Bombe schon vor längerer Zeit entschärft worden war. Eisiger Schweiß lief Kafka den Rücken hinunter, als er sich daran erinnerte, wie er sich verhalten hatte, seit diese Höllenmaschine in seinem Besitz war. Es war einfach kindisch gewesen – und bestimmt hätte Murnau ihn dafür bestraft –, die Mappe als Talisman zu betrachten, als symbolische Waffe im Kampf gegen Eduards Mörder. Wie naiv war er doch gewesen! Und welch blindes Vertrauen hatte er in diese Mission gesetzt! Diese Mission würde jedenfalls bald zu Ende sein. Zwar würde Eduards Tod nicht gerächt werden, aber er hätte zumindest sein Möglichstes getan, um von den Behörden eine Antwort auf seine Frage zu erlangen.

Dann spürte er, wie die Umstände der gegenwärtigen Situation ihm große Selbstsicherheit gaben. Die Nadel des unsichtbaren Kompasses, der seine Schritte bislang geführt hatte, bewegte sich nicht mehr. Bestimmt strahlte das gigantische Mikroskop eine magnetische Wirkung aus, die ihm notgedrungen alles unterwarf.

»Wissen Sie, wie es in der Philosophie heißt?« fragte er Murnau. »Ein Leben ohne Introspektion ist es nicht wert, gelebt zu werden...«

Murnau lächelte:

»Alles hängt davon ab, auf welcher Seite des Mikroskopes man steht.«

Genau in dieser Sekunde explodierte die Bombe.

Das Pult, auf dem sie gelegen hatte, flog in Fetzen, während ein Feuerball durch einen großen Teil des Laboratoriums rollte, alles verwüstete, was ihm im Weg war, und alle anwesenden Personen zu Boden schleuderte. Murnaus Hauptassistent wurde buchstäblich weggeblasen – und mit ihm sein wertvoller Notizblock.

Auch Kafka war zu Boden gerissen worden, doch er richtete sich sofort wieder auf und war von einer verrückten Hoffnung erfüllt. Er ging auf die Tür zu, doch Pick, der ebenfalls zu Boden geschleudert und unverletzt geblieben war, stellte sich ihm in den Weg. Unterdessen begann Murnau, der sich hinter einen Rollwagen geworfen und sich eben erhoben hatte, fürchterlich zu schreien:

»Haltet ihn! HALTET IHN!«

Dann überstürzten sich die Ereignisse. Doch Kafka ließ sich nicht aus der Fassung bringen. Geschickt wich er Picks Armen aus, die ihm den Weg versperrten, und rannte auf die riesige Maschine zu. Einen Sekundenbruchteil lang erkannte er im Vorbeilaufen den völlig verrenkten Leichnam des armen Emil, der sich vor der Explosion nicht hatte schützen können – und dieser traurige Anblick bestärkte Kafka zusätzlich in seiner Entschlossenheit. Wie ein Affe kletterte er auf einen dort stehenden Rollwagen und griff mit beiden Händen nach einem der riesigen Ringe, die das Mikroskop sicherten. Schwungvoll wie ein Athlet aus dem Bileti-Park kletterte er an dem Mikroskop hinauf, während Murnau hinter ihm Pick beschimpfte, wild gestikulierte und ständig schrie:

»Haltet ihn! Haltet ihn!«

Der Aufstieg war nicht ganz einfach, da das Metall, aus dem der Panzer des gewaltigen Objektivs bestand, äußerst glatt war. Doch dank der zahlreichen, in regelmäßigen Abständen angeschraubten Bolzen fand Kafka bald zu seinem Kletterrhythmus.

Weiter unten hatte Murnau Pick gerade dazu überredet, ebenfalls hinaufzusteigen. Pick hielt es für besser, widerspruchslos zu gehorchen, denn der Wissenschaftler schien in seiner Wut zu den schlimmsten Vergeltungsmaßnahmen fähig zu sein. Allerdings erleichterten Picks Körpergewicht und seine entsprechende Schwerfälligkeit sein Vorwärtskommen nicht gerade.

Mit düsterer Miene sah Murnau sich um und versuchte, den von der Bombe angerichteten Schaden abzuschätzen, der – abgesehen vom Verlust eines Versuchskaninchens und seines intelligentesten Assistenten – beträchtlich war.

Kafka wagte einen Blick in die Tiefe und sah, daß sein Verfolger bereits außer Atem war, immer wieder auf dem Metall ausrutschte und noch ziemlich weit von ihm entfernt war. Das machte ihm Mut. Mehr als einmal schon hatte er sich gesagt, daß man gewisse Dinge nur dann erreicht, wenn man ihr Gegenteil tut. Und das Gegenteil vom Sprung ist nun einmal der Aufstieg.

Je breiter der Kegel wurde, um so schneller kam er voran. Seine Griffe wurden sicherer. Er erreichte den Rand der Kuppel, noch bevor Pick auch nur die Hälfte seines Aufstiegs hinter sich hatte. Er näherte sich dem Raum, den er bei seiner Ankunft im Schloß rein zufällig betreten hatte, doch im Augenblick befand er sich noch auf der kreisförmigen, durchsichtigen und leuchtenden Oberfläche, deren eigenartige Zeichnungen mit den dumpfen Pulsationen verbunden zu sein schienen und die Kafka für die eines Kontrollschirms gehalten hatte, den die Bewohner des Schlosses benutzten. Doch jetzt wußte er nur zu gut, daß es sich um eine riesige Linse handelte, auf der sich das gleichzeitig entsetzliche und faszinierende Bild von Emils Hirn ausbreitete. Dieses Bild war erstarrt, denn

Emil war tot. Zumindest glaubte Kafka das, doch zu seiner großen Überraschung mußte er feststellen, daß sich die scheinbar in der Linse gefangenen gallertartigen Massen langsam bewegten. Emils Hirnsubstanz war keineswegs reglos – sollte er etwa wieder zu Bewußtsein gelangt sein?

Zwanzig Meter weiter unten bewegte sich das Versuchskaninchen tatsächlich wieder. Die Explosion hatte unerwartete Folgen für Emil gehabt, da das Feuer ihn von seinen Fesseln befreit hatte und er die Panik von Murnaus Assistenten nutzen konnte, um die hinderlichen Lederriemen von seinen Armen und Händen zu lösen. Er hatte sich erhoben, während weiter oben die gewaltige Linse vor Kafkas Augen plötzlich dunkel wurde, so als wäre alles Leben daraus verschwunden...

Im selben Moment gelangte Pick zum oberen Teil des Mikroskops, und Kafka sah, wie er sich mit den Unterarmen auf dem Ring, der die Linse umgab, abstützte. Kafka zögerte keine Sekunde: er mußte diese Linse überqueren, um zur Brücke auf der anderen Seite und von dort wieder in den Flur zu gelangen, über den er die medizinische Abteilung würde verlassen können.

Als er einen Fuß auf die dunkle Glasmasse setzte, vernahm er sogleich ein leises Knirschen, eine Art kontinuierliches elektrisches Knistern. Soeben hatte Pick sich auf dem Linsenrand aufgerichtet und die Glasfläche unverzüglich betreten. Seine Füße rutschten genau in dem Moment aus, da auch Kafka spürte, wie er den Boden unter den Füßen verlor. Die beiden Männer fielen hin, streckten hilflos Arme und Beine von sich und versuchten verzweifelt, das Gleichgewicht wiederzufinden. Pick warf dem jungen Schriftsteller einen zornigen Blick zu und richtete sich auf dieser seltsamen Eispiste, die unter dem Gewicht ihrer Benutzer leicht hin und her zu schwanken begann, wieder auf. Nur wenige Zentimeter von Kafka entfernt rutschte Pick erneut aus. Kafka machte einen Sprung nach vorne, um seinem Verfolger zu entkommen. Doch Pick war derart wild entschlossen, daß es ihm gelang, Kafka mit seinen breiten Händen an den Knöcheln zu packen. Kafka schrie laut auf, fiel hin und schlug mit dem Kinn auf das trübe und leise knisternde Glas der Linse.

Emil, der ebenfalls fest entschlossen war, sich an seinem Hauptpeiniger zu rächen, ging weiter unten auf Doktor Murnau los, den die gewaltige Statur des Mannes – ein wahres Monstrum – in panische Angst versetzte. Taumelnd wich der Wissenschaftler zurück, sah sich um und rief seine wie vom Erdboden verschwundenen Assistenten zur Hilfe.

Murnau begriff, daß nur die Flucht ihn retten könnte, und so rannte er zwischen den auf dem Boden des Labors verstreuten Trümmern auf den Ausgang zu. Doch Emil hatte Murnaus Absicht längst erkannt und stellte sich ihm auf Höhe des senkrechten Förderbandes in den Weg. Er warf sich auf den Wissenschaftler, umklammerte ihn mühelos mit beiden Armen und hob ihn auf eine der Ablagen des Bandes, das ihn rasch mit sich in die Höhe nahm, während Murnau sich schreiend und gestikulierend zu befreien versuchte. Doch es gelang ihm nicht. In dieser gleichzeitig lächerlichen und gefährlichen Position festsitzend, stieg er unter den spöttischen Blicken von Emil, dem seine Rache vollends gelungen war, höher und höher, der Decke des Laboratoriums entgegen.

Dort oben, auf der Linse, kämpften Kafka und Pick Mann gegen Mann. Ihre Bewegungen wurden ständig von unfreiwilligen Ausrutschern unterbrochen. Dieses sonderbare Ballett hinderte die Beteiligten daran, das Schicksal des Wissenschaftlers zu verfolgen, der seinen Aufstieg nach wie vor brüllend und gestikulierend fortsetzte. Alle zehn Meter erreichte das Fließband eine Art Falltür, die kaum breiter war als die Platte, auf die Emil den Wissenschaftler gesetzt hatte. Und jedesmal mußte dieser sich so gut es ging zusammenkrümmen, um der sicheren Zerstückelung zu entgehen.

»Hilfe!« schrie Murnau, »holt mich hier runter!« – Doch niemand hörte ihn.

Auch für Pick sah es schlecht aus. Sein letzter Ausrutscher hatte ihn an den Rand der Linse befördert, von wo er jeden Augenblick abzustürzen drohte. Kafka hatte ihm einen Fußtritt versetzt, der ihn selbst in die andere Richtung geschleudert hatte, doch dank seines geringen Körpergewichts war es für ihn einfacher, Halt zu finden. Gelegentlich keuchte und brummte Pick, doch er sagte kein Wort. Ein weiteres Mal ging er zum Angriff über, und diesmal packte er Kafka am Hals. Die beiden Männer rutschten in die Mitte des Glaskreises. Plötzlich war ein unheilvolles Knirschen zu hören. Das Gewicht der beiden Kämpfer drohte die relative Elastizität der Linse zu gefährden; unter Picks Füßen tauchte ein äußerst bedrohlicher Riß auf. Kafka stieß einen schrillen Schrei aus, den Pick mit einem dumpfen Knurren erwiderte. Beide starrten auf den Boden, der sich unter ihren Füßen öffnete.

Einer von Murnaus Assistenten, der am Boden des Laboratoriums lag, war wieder zu sich gekommen. Er schaute zur Spitze des Mikroskops hoch, das eigenartig hin und her schwankte. Ihm wurde sofort klar, daß *dort oben* etwas vor sich ging, schob den unter der Spitze der Linse stehenden Stuhl zur Seite, beugte sich nach vorne und drückte ein Auge auf das Objektiv.

Augenblicklich wurde das Bild des forschenden, weit aufgerissenen Auges in gigantischen Dimensionen von der oberen Linse ausgestrahlt und entriß denjenigen, die sich dort in einer merkwürdigen Position umklammert hielten, weitere Schreie. Dieses riesige Auge, das von der gläsernen Masse mit sämtlichen anatomischen Details wiedergegeben wurde, bekam mit einem Mal eine starke symbolische Bedeutung. Kafka versuchte, seinen Blick davon abzuwenden, doch in seiner Niedertracht hielt Pick den Nacken seines Gegners so niedergedrückt, daß dieser die Augen schließen mußte, um der Faszination dieses Anblicks zu entgehen. Es kam Kafka vor, als hätte der Kampf, den sie gerade führten, biblische Bedeutung bekommen und als wäre das Auge, das sie beobachtete, das Auge seines ältesten Vorfahren, den dieser verrückte Doktor Murnau zu neuem Leben erweckt hatte.

Das Schwindelgefühl, das Kafka in diesem Moment überkam, zwang ihn, die Augen wieder zu öffnen. Wie durch ein Wunder war das Auge verschwunden. Der unten stehende Assistent hatte den Kopf vom Objektiv abgewandt, da neben ihm plötzlich eine Stimme zu hören war: Oskar und Ludwig betraten, sich gegenseitig stützend, den Laborraum, wobei der auf dem Boden liegende Schutt ihr Vorwärtskommen erheblich erschwerte.

Oskar zeigte mit dem Finger auf das emporsteigende Förderband und seinen Gefangenen, dessen gestikulierende Silhouette sich der Decke des Labors gefährlich näherte. Inmitten der verwüsteten Kulisse, die einst Murnaus ganzer Stolz gewesen war, begannen die beiden Jungen plötzlich wie verrückt zu lachen. Doch glücklicherweise bekam der Wissenschaftler von ihrem Sarkasmus nichts mit, da er ausschließlich damit beschäftigt war, sich auf der Plattform zusammenzukrümmen, die demnächst die in die Decke gebrochene Lüftungsöffnung durchqueren würde.

In diesem Augenblick standen Kafka und Murnau sich einige Sekunden lang gegenüber, und Murnau, der mit Kafka auf einer Stufe zu stehen vorgab, flehte ihn an, »etwas zu unternehmen«. Wozu Kafka natürlich nicht in der Lage war, da er viel zu sehr damit beschäftigt war, sich von dem dicken Mann zu befreien, den derselbe Murnau auf ihn gehetzt hatte. Die Situation war in hohem Maße grotesk, doch sie dauerte nur einen Sekundenbruchteil lang – oder genauer gesagt: so lange, bis Oskar von der Wendeltreppe aus, die die beiden Gehilfen hinaufgestiegen waren, einen Schuß in Kafkas Richtung abfeuerte. Kafka sprang zur Seite und drehte sich in die Richtung, aus der die Kugel gekommen war, die mittlerweile von dem aufwärtsfahrenden Förderband abgeprallt war und den Wissenschaftler nur knapp verfehlt hatte.

Was folgte, war das reinste Durcheinander. Kafka wagte nicht, sich zu bewegen, Pick hob groteskerweise die Hände in die Höhe, während Kafkas Gehilfen hemmungslos weiterlachten, als das Fließband Murnau, der beim Durchqueren der Luke einen letzten Entsetzensschrei von sich gab, in die geheimnisvollen Höhen des Schlosses entführte.

Sodann war ein weiterer Schrei zu hören, der diesmal von Pick kam. Er wehrte sich gegen die Gefahr, welche die auf der Linse Kämpfenden schon eine ganze Weile bedrohte. Unter den heftigen Bewegungen des Mannes hatte das Glas nämlich nachgegeben, und unter seinen Füßen war plötzlich ein tiefer Riß entstanden. Kafka sah, wie er vom Innern des Mikroskops buchstäblich abgesaugt wurde, mit seinem Körper nacheinander alle dünnen Glasschichten des Apparats zertrümmerte, schließlich völlig im unteren Teil verschwand und dort gefangengehalten wurde.

Kafka eilte um das Loch herum, sprang auf die Plattform, stieß nacheinander Oskar und Ludwig, die von Picks Ungeschick abgelenkt worden waren, zur Seite und rannte zur Türe.

*

Hinter Clive und Elsa war eine Explosion zu hören, dann wurde es dunkel. Gleichzeitig drehten sie sich um und versuchten, in der Düsternis etwas zu erkennen.

An der Stelle, wo der sofort erloschene Projektor stand, war eine kleine Flamme zu sehen. Miroslav Galeen fluchte.

Clive erhob sich.

»Was ist passiert? Haben Sie Schwierigkeiten?«

Es wurde wieder hell, und mit blinzelnden Augen erkannten die beiden Engländer, wie ihr Gastgeber sich über den Motor des Projektors beugte, aus dem dünner Rauch aufstieg. Er antwortete nicht, sondern brummte bloß vor sich hin, während Francina, die hinter ihrem Cousin stand, sich eine Zigarette anzündete.

»Ein alter Apparat«, sagte sie. »Aber Miro wird das rasch wieder in Ordnung bringen. Er ist nämlich ein geschickter Bastler. Wie sein Vater«, fügte sie mit einem Lächeln hinzu.

Wiegenden Schrittes ging sie auf die beiden jungen Leute zu und ließ den Rauch ihrer Zigarette in schweren Spiralen aufsteigen. Für Elsa schien diese Frau geradewegs aus einem Film aus den vierziger Jahren zu kommen, in dem sie die Rolle einer Spionin hätte spielen können.

»Der Film muß doch wohl bald zu Ende sein«, meinte Clive und warf Francina Roßmann einen fragenden Blick zu. Sie nickte mit dem Kopf und lehnte sich gegen den Rücken eines der großen Klubsessel, die direkt vor der Leinwand standen.

»Es ist keine besonders gute Kopie«, seufzte sie, »aber mein Cousin und ich hatten nie genug Geld, um ein Duplikat anfertigen zu lassen.«

Mit leicht zur Seite geneigtem Kopf sah sie Elsa und Clive an, so als wollte sie sie – »auf heuchlerische Weise«, wie Elsa dachte – zu Zeugen ihres künstlerischen Außenseitertums werden lassen. Sie hatte ihnen keine genaueren Angaben über ihren Beruf gemacht, doch es verstand sich von selbst, daß sie der Welt der Kunst und der Prager »Boheme« angehören mußte.

»Ich glaube, jetzt funktioniert er wieder«, knurrte Miroslav aus dem hinteren Teil des riesigen Zimmers hervor.

Francina drückte ihre Zigarette in dem Keramikaschenbecher aus, der auf einem kleinen einbeinigen Tisch stand, und ging an ihren Platz neben dem Projektor zurück.

Elsa beugte sich zu ihrem Freund und flüsterte:

»Ich müßte dringend mal..., verstehst du. Aber ich wage nicht, sie zu fragen...«

Clive stieß ein gurgelndes Lachen aus, und dann drehten sie sich zu den beiden Tschechen um, die sie aus fünfzehn Meter Entfernung beobachteten und nicht recht begriffen, was los war. Mit großer Gelassenheit gab Clive ihrem Gastgeber das internationale Zeichen, mit dem er Elsas Bedürfnis begreiflich machen konnte. Francina lachte ebenfalls und deutete auf eine Türe, die sich links neben der Leinwand befand und die von einem Wandschirm aus persisch gemustertem Papier halb verdeckt wurde. Elsa bedankte sich mit einem Lächeln und ging rasch zu dieser Türe, die sie öffnete und hinter der sie einen schmalen Flur betrat, der einem Schiffsgang ähnelte. Sie war beinahe überrascht, in dieser altmodischen Umgebung einen Lichtschalter zu finden. Ganz am Ende des Flurs sah sie eine nur angelehnte Tür. Doch zu ihrer Rechten befand sich eine zweite Tür, die Elsa wie automatisch öffnete. Dann machte sie Licht in diesem kleinen Raum, der nicht derjenige war, den sie suchte, sondern der als Kleider- und Abstellkammer diente. Sie wollte bereits wieder hinausgehen, als sie auf ein am Kleiderständer hängendes Kleidungsstück aufmerksam wurde: auf einen beigefarbenen Regenmantel, dessen Gürtel durch einen grünen Seidenschal ersetzt worden war. Unverzüglich erkannte sie diesen Mantel als den extravaganten Trenchcoat von Bert, dem jungen Deutschen, wieder, in den Clive sich verliebt hatte. Einen Augenblick lang blieb sie wie angewurzelt stehen und zögerte, Schlußfolgerungen aus dieser Entdeckung zu ziehen. Doch als sie begriff, daß diese Wohnung Schauplatz seltsamer Ereignisse war, die für sie und Clive gefährlich werden könnten, da lastete plötzlich eine bleierne Decke auf ihren Schultern. Wo war Bert? Lebte er noch, oder war er bereits tot? In diesem Moment erinnerte sie sich plötzlich ganz deutlich an den Schuß, den sie gehört hatte, als die Filmspulen gewechselt wurden. Francinas und Miroslavs merkwürdiges Verhalten, das wegen der Filmvorführung bislang nicht weiter aufgefallen war, wurde auf einmal ganz deutlich. Ein heftiges Frösteln überkam Elsa, als sie in die Betrachtung des Kleidungsstückes versunken war. Dann überlegte sie sich, daß sie jetzt unverzüglich in den »Vorführraum« zurückkehren müßte, falls ihr Fortbleiben nicht das Mißtrauen ihrer Gastgeber wecken sollte. Die letzte Tür war die des WCs...

Wenig später nahm sie erneut neben Clive Platz, der sie nicht einmal anschaute, da es wieder dunkel geworden war und die Bilder von neuem über die Leinwand zogen.

★

Kafka eilte durch den endlos langen Flur der Abteilung Medizinische Akten. Er hielt inne, lauschte ängstlich, da er wußte, daß Oskar und Ludwig ihm folgten, setzte seinen Weg fort und suchte an jeder Abzweigung nach einem Ausgang – nach *dem Ausgang*! Dann kam er an die Stelle, wo die symmetrische Treppe begann, stieg einige Stufen hoch und achtete darauf, die Türe nicht zu verpassen, die mit allen anderen Türen identisch war und in den winzigen Archivraum führte.

Er öffnete die Türe, die er für die richtige hielt. Und er hatte sich nicht geirrt.

Nach einem letzten Blick nach hinten, mit dem er sich vergewisserte, daß seine beiden Verfolger ihm nicht allzu dicht auf den Fersen waren, betrat er den Raum mit den Regalen und schloß die Türe.

Dann wurde die Sache etwas komplizierter. Als Kafka dieses Archiv nämlich, aus dem unterirdischen Gang kommend, betreten hatte, hatte er bloß eine Türe aufstoßen müssen – während diese Seite der Türe mit Regalen bedeckt war und nichts darauf hindeutete, an welcher Stelle der Wand sie sich befand! Kafka nahm seinen ganzen Mut zusammen und begann voller Hektik, die Regale leerzuräumen und die Dossiers in der Mitte des engen Raumes aufeinanderzustapeln. Er bemühte sich, dabei möglichst wenig Lärm zu machen, denn schon hörte er im Flur die Schritte und hin und wieder sogar die Stimmen seiner Gehilfen.

Bald hatte er eine Wand leergeräumt, doch eine Türe war nirgendwo zu sehen.

Plötzlich hörte er, wie Oskar auf der nahen Steintreppe

nach seinem Gefährten rief, und völlig verblüfft begriff er, daß die beiden Jungen miteinander spielten. Sie stiegen die Stufen hinauf und wieder hinunter – ein endloses Versteckspiel.

Doktor Murnaus schreckliche Inszenierung schien die Befreiung dieser beiden wunderlichen Gesellen eingeleitet zu haben, die sich nun hemmungslos im Labyrinth herumtummelten.

Kafka setzte seine Suche fort, seine Hände waren von den aus den Aktenordnern ragenden Büroklammern inzwischen völlig zerkratzt.

Als er die Türe zum unterirdischen Gang schließlich entdeckte, stieß er einen Triumphschrei aus, der dem eines gefangengehaltenen Tieres ähnelte, das endlich den Weg ins Freie gefunden hat. Er legte den Türknauf frei und stapelte die restlichen Ordner, die die Schwelle versperrten, hinter sich auf. Dann öffnete er die Türe und rannte in den dunklen Tunnel.

Im selben Augenblick betrat Ludwig den kleinen Raum und stieß einen Freudenschrei aus, der seinen Komplizen herbeieilen ließ. Sie begannen, mit Aktenordnern um sich zu werfen, die Blätter durch die Luft fliegen zu lassen, laut zu schreien und die Macht des Schlosses zu verhöhnen.

Zur gleichen Zeit rannte Kafka durch den unterirdischen Tunnel, dessen beißender Geruch ihn so glücklich machte wie selten zuvor etwas.

Später, als die ersten Strahlen der aufgehenden Sonne auf die Hügel auf der anderen Seite der Stadt fielen, verschmolz Kafkas schlanker Schatten erneut mit den Mauern des Schlosses, an denen er unaufhaltsamen Schrittes in Richtung des großen Platzes entlanglief. Er erreichte sein Haus in einem Zustand völliger Abgestumpftheit, nachdem er zuvor überglücklich gewesen war, dem Schlimmsten entkommen zu sein. Er sperrte die Türe auf, trat ein und atmete den Duft dieser Räumlichkeiten, die ihm nie zuvor derart einladend vorgekommen waren, tief ein. Dann schloß er die Türe von innen zweimal ab.

Doch kaum war Kafka heimgekehrt, da postierten sich die beiden uniformierten Polizisten, die sich an der Straßenecke versteckt gehalten hatte, erneut vor seinem Haus, das sie die ganze Nacht nicht aus den Augen gelassen hatten.

Nach allem, was Kafka im Schloß erlebt hatte, empfand er die Leichenhalle als eine beinahe harmlose, jedenfalls äußerst ungefährliche Umgebung. Allerdings fürchtete er sich sehr vor dem, was folgen würde: auf Befehl von Inspektor Grubach war er nämlich dorthin gebracht worden, um eine Leiche zu identifizieren.

Der Polizeibeamte stand neben dem mit einem weißen Laken bedeckten Rollwagen. Er hob das Laken hoch und sagte zu Kafka:

»Treten Sie näher...«

Kafka hatte keine Mühe, das Gesicht der jungen Frau wiederzuerkennen. Gabriela lag genauso da wie Eduard, an der gleichen Stelle, und angesichts dieser Fatalität wurde der junge Mann plötzlich von tiefer Ergriffenheit überwältigt. Er spürte, wie seine Beine zu schwanken begannen, und mußte sich am Rand des Rollwagens festhalten. Grubach schien Kafkas Unwohlsein nicht zu bemerken und sagte mit unbeteiligter Stimme:

»Kafka, Sie hatten uns über das Verschwinden von Fräulein Roßmann informiert. Nun, wir haben sie wiedergefunden.«

Kafka hatte alle erdenkliche Mühe, ein erbärmliches »Ja« über die Lippen zu bringen, und wandte den Kopf ab, um das Gesicht der Toten nicht länger anschauen zu müssen.

»Es wurde uns nahegelegt, den Fall als Selbstmord zu registrieren«, fuhr Grubach fort. »Wie denken Sie darüber?«

Eine Hand ragte unter dem Laken hervor – eine verstümmelte, von irgendeinem grausamen Folterinstrument schrecklich zugerichtete Hand, von der Kafka seinen Blick nicht lösen konnte.

»Einem Selbstmord«, murmelte er, »würde ich wohl zustimmen müssen...«

»Zweifellos konnte sie den Tod ihres Geliebten nicht verwinden«, meinte Grubach, der Kafka nicht mehr aus den Augen ließ. Dieser nickte mit dem Kopf. Er war ungeheuer blaß geworden.

»Ja, gewiß, da Sie es sagen... Ja, natürlich.«

Seine Stimme klang völlig teilnahmslos. Nicht einmal Grubach konnte das entgehen.

»Sie waren uns eine große Hilfe in dieser Angelegenheit«, sagte der Polizeibeamte in unergründlichem Ton. »Ich bin Ihnen außerordentlich dankbar, Herr Kafka.«

Eine Stunde später betrat Kafka gleichmäßigen Schrittes den Eingang der Versicherungsgesellschaft. Er war erneut zu dem Angestellten geworden, der sich vorschriftsmäßig und unauffällig verhielt. Er begegnete einigen Kollegen, die er freundlich grüßte, und ging in sein Büro. Plötzlich stand Bürgel, der wie aus dem Nichts aufgetaucht war, vor ihm und schwenkte ein Papierbündel.

»Heute sind Sie aber früh dran! Der Personalchef möchte Sie sprechen, Kafka.«

Wortlos begab sich der Sekretär in das Büro des Personalchefs, der ihn einzutreten bat, ohne den Blick von seinem Schreibtisch zu heben, und ihn dann eine Weile warten ließ. Kafka wirkte weder ungeduldig noch sonderlich nervös, wie man es von einem Mann hätte erwarten können, der in der Nacht zuvor das mitgemacht hatte, was Kafka mitgemacht hatte.

»Ah! Kafka«, sagte der Mann schließlich und warf ihm einen strengen, eher kritischen Blick zu, »ich habe zwei Mitteilungen erhalten, die Sie betreffen.«

Er griff nach zwei Zetteln, die auf seinem Schreibtisch lagen.

»Bei der ersten handelt es sich um eine Vorladung ins Schloß, und mit der zweiten wird diese erste annulliert.«

Er legte die beiden Zettel wieder hin und starrte Kafka geheimnisvoll an. Kafka fühlte sich unwohl in seiner Haut.

»Hm... Wird der Grund dafür angegeben?«

Der Personalchef erhob sich auf etwas feierliche Weise, stützte sich auf sein Pult und setzte seine Brille ab, bevor er sagte:

»Um Ihnen die Wahrheit zu sagen, Herr Kafka, meine Vorgesetzten sind weder verpflichtet, noch sind sie es gewohnt, Erklärungen über ihre Entscheidungen abzugeben. Und selbst wenn ich ihre Gründe kennen würde, würde ich sie Ihnen nicht verraten!«

Tiefe Bestürzung war von Kafkas Gesicht abzulesen.

»Aber heute... heute ist das doch etwas anderes...«

Gleichzeitig erstaunt und mißtrauisch zog der andere die Augenbrauen hoch.

»Und wieso?«

Kafka gab keine Antwort, sondern drehte sich um und verließ das Büro.

Langsam durchquerte er den großen Raum, in dem das gewohnte Klappern der Schreibmaschinen zu hören war, und beinahe gegen seinen Willen suchte sein Blick die Schreibtische von Eduard und Gabriela. Dort, wo einige Tage zuvor noch seine Freunde, den Behörden scheinbar zutiefst ergeben, gearbeitet hatten, saßen nun zwei neue Angestellte.

Als er sein Büro betrat, bemerkte er zwei Männer, deren Gesichter ihm völlig unbekannt waren. Zwei junge Leute, die an ihren gleich neben seinem Pult gestellten Tischen mit ihrer Arbeit beschäftigt waren. Kafka dachte, daß es sich um seine *neuen Gehilfen* handeln mußte.

Er nahm an seinem Schreibtisch Platz, betrachtete ohne sichtbare Erregung den Aktenstapel auf seiner Schreibunterlage und schob ihn schließlich mit entschiedener Geste zur Seite. Dann öffnete er seine Schublade, zog ein weißes Blatt Papier hervor, legte es sorgfältig vor sich, öffnete das Tintenfaß und wollte gerade seine Feder hineintauchen, als er plötzlich einen Hustenanfall erlitt, der zur Folge hatte, daß die makellos reine Oberfläche des Papiers von feinen Blutstropfen befleckt wurde. Anschließend tauchte Kafka die Spitze seiner Feder in einen Tropfen seines eigenen Blutes und schrieb:

»Liebster Vater...«

Am selben Tag, in der warmen und gemütlichen Atmosphäre des Café Continental, sah Kafka niemanden und hörte auch nicht das leise Murmeln der ihn umgebenden Gespräche, denn er schrieb.

Er konnte die Einsamkeit seines Hauses in der Alchimistengasse nicht mehr ertragen. Nach den nächtlichen Vorfällen im Schloß und dem anschließenden unerträglichen Besuch in der Leichenhalle hatte der junge Mann das Bedürfnis, für ein Mal – einmal ist keinmal – Zuflucht zu finden an diesem Ort, an dem er sich von Freunden umgeben wußte und wo nichts ihn bedrohen könnte.

Er schrieb seinem Vater, um sich ihm, möglicherweise zum allerersten Mal, anzuvertrauen.

»Du hast mich letzthin einmal gefragt, warum ich behaupte, ich hätte Furcht vor Dir.«

Kafka war entgangen, daß Bizzlebeck die Anwesenheit des jungen Schriftstellers beim Betreten des Café Continental sogleich bemerkt hatte und sich nun anschickte, sich ihm zu nähern. Doch dann plötzlich sah sich der Steinmetz voller Besorgnis um, erblickte Kafkas Freunde und verzichtete darauf, an seinen Tisch zu treten. Stattdessen kehrte er auf der Stelle um und verließ das Lokal.

Kafkas Feder füllte Seite um Seite mit seiner feinen, präzisen Schrift.

»So offensichtlich wie die Beweise in meinem Brief können die Dinge in Wirklichkeit natürlich nicht erscheinen...«

Nicht weit von Kafkas Tisch entfernt hatte Anna sich von ihrem Stuhl erhoben. Nachdem sie den jungen Mann seit einer ganzen Weile bereits mit mütterlichen Blicken beobachtet hatte, schien sie nun endlich entschlossen zu sein, ihn bei seiner fieberhaften schöpferischen Tätigkeit zu stören. Geradezu instinktiv hob Kafka genau in diesem Augenblick den Kopf: er sah Anna auf sich zukommen, sein Gesicht leuchtete auf, und seine Augen erstrahlten in ungewohntem Glanz.

Die Stunden vergingen wie im Flug. Anschließend ging Kafka nach Hause. Wie ein Juwel hütete er in seinem von Doktor Murnaus Erfindung unverletzt gebliebenen Hirn diese so ganz neue Erinnerung an die ausführliche Unterhaltung mit Anna. Sie würden sich bald wiedersehen, Anna und er, und allein der Gedanke daran verdrängte die Schwermut, die sein kleines Haus immer wieder in ihm aufkommen ließ.

Voller Vertrauen in die Zukunft setzte er sich an sein Pult und begann erneut zu schreiben. Er setzte jenen unendlichen Brief an seinen Vater, mit dem er im Café Continental begonnen hatte, fort und wurde hin und wieder von einem heftigen Hustenanfall gepackt, der dazu führte, daß er Blut auf das vor ihm liegende Blatt Papier spuckte. Doch Kafka schien sich über diese bösen Vorzeichen keinerlei Gedanken zu machen.

»Das Leben ist mehr als ein Geduldspiel; aber mit der

Korrektur, die sich durch diesen Einwurf ergibt, einer Korrektur, die ich im einzelnen weder ausführen kann noch will, ist meiner Meinung nach doch etwas der Wahrheit so sehr Angenähertes erreicht, daß es uns beide ein wenig beruhigen und Leben und Sterben leichter machen kann.«

Irgendwo am Ufer des Flusses, dort, wo der Hafen beginnt, aus dem die Schiffe auslaufen, die früher oder später den Ozean erreichen, saßen Oskar und Ludwig, den melancholischen Blick auf einen Stapel von Kisten gerichtet, die darauf warteten, demnächst verladen zu werden.

Sie hatten sich den Staub von ihren rußbedeckten Kleidern geklopft, und Ludwig summte traurig vor sich hin. Sein Gefährte schaute ihn an und sagte:

»Wir könnten zur Versicherungsgesellschaft zurückkehren und dem Personalchef alles erklären.«

»Sei doch kein Dummkopf«, antwortete Ludwig. »Man wird uns so oder so kündigen. Seit dieser Kafka sich derart benommen hat, sind wir dort nicht mehr erwünscht!«

»Soweit ich verstanden habe, ist er an den Lungen verletzt worden«, fügte Oskar mit bedrückter Stimme hinzu.

Dann zuckte er mit den Schultern.

»Jetzt bleibt uns nur noch das Exil.«

Ludwig nickte langsam mit dem Kopf.

»Exil, ja, ich glaube, das ist das richtige Wort. Was würdest du von Amerika halten? Drüben gibt es jede Menge Arbeit!«

Sie sprangen von den Kisten herunter und begannen,

am Quai entlangzugehen. Sie wirkten nun so selbstsicher, wie Kafka sie seit jeher gekannt hatte. Plötzlich blieb Oskar stehen, und ein kindliches Lächeln erhellte sein Gesicht.

»In Amerika besitzt jeder seinen eigenen *Toaster*!«

Sie gingen schneller, so als würde der amerikanische Kontinent am Ende des Quais beginnen.

»Amerika, wir kommen!« brüllte Oskar.

»Amerika! Amerika!« schrie auch Ludwig.

Und dann begannen sie zu laufen und dabei wie verrückt mit den Armen zu fuchteln.

★

Das Wort »Ende« tauchte auf der Leinwand auf, erneut zogen Ziffern vorbei; die Vorführung war zu Ende.

Elsa schauderte und kämpfte gegen das unsinnige Bedürfnis zu weinen an. Die Reise in den Traum war zu Ende, und sie mußte nun wohl oder übel in die Wirklichkeit zurückkehren. Der Junge an ihrer Seite schien völlig verblüfft und bewegte sich nicht. Auch er weigerte sich, wie er das schon so oft getan hatte, in die fühlbare Welt zurückzukehren. Doch dann erhob er sich. In der gleichen Sekunde ging das Licht im Raum an.

Im Hintergrund hörten sie, wie Miroslav und Francina miteinander sprachen und sich am Projektor zu schaffen machten. Bestimmt beklagte der Mann sich über den Schaden, den der Projektor bei dem Unfall erlitten hatte, der sich kurz zuvor ereignet hatte. Elsa fand, daß es nun Zeit sei, Clive über das zu informieren, was sie in der kleinen Kammer gesehen hatte. Sie nutzte das Getuschel, in das ihre Gastgeber vertieft waren, gab ihm ein kurzes Zeichen, sich wieder hinzusetzen, und erzählte ihm mit knappen Worten von ihrer Entdeckung. Ihre Aufregung überzeugte ihren Freund, der ganz blaß im Gesicht geworden war.

»Was sollen wir tun?« fragte er ängstlich.

Elsa glaubte, die Situation im Griff zu haben.

»Wir dürfen auf keinen Fall zu erkennen geben, daß wir Bescheid wissen. Wir müssen uns mit ihnen unterhalten, dürfen kein Risiko eingehen, und müssen dann flüchten, sobald sich eine Möglichkeit ergibt.«

Clive wandte sich ihr zu:

»Flüchten? Ich habe eine bessere Idee, Elsa...«

Mehr darüber konnte er ihr jedoch nicht verraten, da in diesem Moment Francina schweren Schrittes auf sie zukam und auf englisch zu ihnen sagte:

»Nun, was halten Sie vom *Labyrinth*? Ich bin sehr neugierig, endlich die Meinung von Kinoliebhabern Ihres Alters zu erfahren.«

Clive und Elsa gaben sich größte Mühe, sich nicht anzuschauen. War Francina Roßmann – die Nachfahrin der Gabriela aus dem Film – eine unverschämte Lügnerin? Was war *wirklich* passiert? Dann drückte der Junge in ausgewählten Worten seine Begeisterung über Henrik Galeens Film aus, über seine Ästhetik, sein eigenartiges Drehbuch.

»Wir hätten eine Menge Fragen an Ihren Cousin«, fuhr Clive fort, auch in Elsas Namen sprechend, da seine Begleiterin es nicht wagte, der Frau in die Augen zu schauen.

»Es ist wirklich außergewöhnlich, daß wir die ersten sind, die...«

Francina neigte den Kopf leicht zur Seite, so als würde sie sich fragen, wie sie Elsas Satz verstehen sollte. Dann jedoch zeigte sie ein höchst merkwürdiges Verhalten. Sie begann zu lachen, und in diesem Lachen lag eine Mischung aus Spott und Nachsicht, wie man sie jungen Leuten gegenüber zeigt. Schließlich sagte sie:

»Wie Miroslav Ihnen bereits sagte, erwarten wir nichts mehr von den Kulturbehörden. Dieser Schatz gehört uns. Er wird dieses Haus *nie* verlassen. Haben Sie mich verstanden? Nie!«

Diese letzten Worte sprach sie mit einer zornigen Erregung aus, die die beiden Engländer schaudern ließ. Elsa senkte den Blick, während Clive in heiterem Ton erwiderte:

»Wir haben Sie sehr gut verstanden, gnädige Frau. Aber erlauben Sie uns, unser Staunen zum Ausdruck zu bringen. Haben wir eigentlich das Recht, über das zu sprechen, was wir hier gesehen haben?«

Diese scheinbar harmlose Frage kam einer Provokation gleich. Elsa machte eine beinahe übermenschliche Anstrengung, um der Frau ins Gesicht schauen zu können. Diese wirkte jedoch keineswegs betroffen, sondern zuckte lediglich mit den Schultern. In diesem Moment trat Miroslav mit einem fröhlichen Lächeln auf seinem runden Gesicht zu ihnen:

»Welches sind Ihre Eindrücke, meine Freunde? Was halten Sie von dem Film meines begabten Vaters?«

Sein gutmütiger Ton verwirrte Clive und beunruhigte

Elsa, die sogleich eine Falle vermutete. Sie hielt Miroslav Galeen neuerdings für einen Menschen, der zu den perfektesten Perversitäten fähig ist. Und plötzlich haßte sie ihn mit einer unerwarteten Heftigkeit, die ihr Mut machte.

Clive fuhr mit seiner Lobrede auf *Das Labyrinth* fort, fragte den Sohn des Regisseurs nach der Rolle, die Kafka bei der Ausarbeitung des Drehbuchs tatsächlich gespielt hatte. Hinsichtlich der »Botschaft« des Films gab Galeen sich äußerst verschwiegen. Offensichtlich war er darauf bedacht, etwaige Unklarheiten absichtlich weiterbestehen zu lassen, um den Mythos, zu dem die drei Filmspulen notgedrungen geworden waren, zu zusätzlichem Glanz zu verhelfen. Doch Clive ließ nicht locker:

»Befürchten Sie nicht, daß wir, Elsa und ich, über das sprechen könnten, was wir hier bei Ihnen gesehen haben?«

Miroslav zeigte keineswegs die gleiche Reaktion wie seine Cousine. Diese an sich durchaus logische Frage schien ihn völlig aus der Fassung zu bringen. Es sah aus, als würde er Clives Begeisterung mit einer Mischung aus Angst und Verwunderung zur Kenntnis nehmen. Dann spannten sich seine Muskeln an, er ließ die Arme an seinem rundlichen Körper herabhängen und gab eine ausweichende Antwort.

»Tun Sie, was Sie für richtig halten«, sagte er schließlich mit beinahe trauriger Stimme, »und dann werden Sie schon sehen, wer Ihnen Glauben schenken wird.«

Elsa hörte Galeens Worte nicht, denn in dem Moment, da Clive seine Frage stellte, entfernte Francina sich plötzlich und ging zu der Tür, die in den schmalen Flur führte. Sie war soeben verschwunden, und als die junge Engländerin auf den Türflügel starrte, wurde sie auf einmal von einer schrecklichen Angst erfaßt. Es würde etwas geschehen – irgendein Ereignis, von dem ihr Schicksal ebenso abhing wie das von Clive. Es sei denn, Elsa erlag einmal mehr ihrer allzu lebhaften Phantasie. Unbewußt machte sie einen und dann noch einen Schritt in Richtung Tür. Da knallte Miroslavs Stimme in ihrem Rücken wie ein Peitschenhieb:

»Stehenbleiben, Miss!«

In dem Moment, da Elsa sich mit klopfendem Herzen umdrehte, um ihrem Gastgeber gegenüberzutreten, schreckte Clive hoch. Mit ausgestrecktem Arm hielt Miroslav Galeen einen Revolver auf sie gerichtet, so als würde er auf sie zielen.

Das Ereignis ist eingetreten, dachte Elsa. Doch was würde als nächstes passieren? Wie versteinert stand sie da. Clive, der neben ihr stand, war leichenblaß geworden und wagte nicht, sich zu rühren. Er versuchte, die Situation durch das zu erklären, was seine Begleiterin ihm einige Minuten zuvor zugeflüstert hatte. Sein Hirn arbeitete sehr schnell: eine Reihe einfacher und tragischer Bilder führte ihm das Schicksal des jungen Deutschen vor Augen – *wie die Vorahnung ihres eigenen Abenteuers.*

Miroslavs Mondgesicht hatte sich mit einem Mal verfinstert, und die Hand, in der er die tödliche Waffe hielt, zitterte nicht im geringsten. Instinktiv rückten Elsa und Clive näher zusammen.

»Sie werden nie jemandem erzählen, was Sie heute abend hier gesehen haben, meine lieben Freunde«, sagte Miroslav Galeen bloß.

In Gedanken sah Clive das Gesicht des jungen, blonden Deutschen, den er kaum kannte und der ihn mit einem Mal der wichtigste aller Menschen zu sein schien. Dieses Gesicht kam ihm vor wie das eines Bruders, der plötzlich den Mund zu einem entsetzlichen Schrei aufreißt und ihn vor der Gefahr warnt.

Dann hörten sie diesen Schrei – Clive, aber ebenfalls Elsa und Galeen, der am ganzen Körper zitterte. Vor lauter Überraschung ließ er den Revolver in seiner Hand kurz schwanken. Ein zweiter, anschließend ein dritter Schrei ertönten von jenseits der Tür, hinter der Francina Roßmann verschwunden war. Es war die Stimme eines Jungen, die sich bald mit den von Miroslav Galeens Cousine gebrüllten Befehlen vermischte. Man hörte, wie jemand davonrannte und schließlich zu Boden fiel. Schritte näherten sich.

Schon hatte Galeen seine Waffe auf die Tür gerichtet. Genau in dem Augenblick, da Bert, wie unter grausamen Schmerzen laut brüllend, ins Zimmer stürmte, fiel der Schuß. Der Schrei verstummte im Mund des jungen Deutschen, den die Kugel mitten in die Stirn getroffen hatte und der auf der Stelle zusammenbrach. Elsa und Clive waren entsetzt. Dann begann auch Galeen zu schreien:

»Francina! Francina! So antworte doch!«

Er stieg über den Körper des Jungen und lief zur offenen Tür. Ohne die beiden Engländer anzuschauen, befahl er undeutlich:

»Bewegen Sie sich nicht von der Stelle. Alles ist verriegelt. Sie werden genau so enden wie der da!«

Erst in diesem Augenblick wagte Elsa, einen Blick auf Berts leblosen Körper zu werfen. Er lag mit dem Gesicht nach unten am Boden und rührte sich nicht mehr.

Im Flur kreischte Galeen:

»Was hat er mit dir gemacht? So antworte doch, Francina!«

Er unterstrich seine Worte mit eigenartigen Seufzern, die wie Schluchzer klangen.

Clive kniete neben dem Jungen nieder und wollte den blonden Kopf umdrehen – eine Geste, zu der er sich nie fähig geglaubt hätte. Doch tauchte erneut Galeen auf, richtete den Revolver auf ihn und schrie:

»Finger weg! Er ist tot! ER IST TOT!«

Clive erhob sich und zog Elsa an sich. Offensichtlich war der Mann nun definitiv tobsüchtig geworden.

»Er wollte sie erwürgen, dieser Dreckskerl. Sie atmet fast nicht mehr. Er hat nichts anderes verdient. Was Sie betrifft…, was Sie betrifft…«

Seine Froschaugen quollen ihm förmlich aus dem Kopf. Er richtete seine Waffe abwechselnd auf Clive und auf Elsa, so als würde er zögern.

Elsa zitterte am ganzen Körper. Ein entsetzlicher Krampf schnürte ihr den Magen zu. Clive spürte, daß er bald in Ohnmacht fallen würde. In diesem Augenblick hob der Tote den Kopf, öffnete die 'Augen und lächelte ihnen zu – ein engelhaftes Lächeln, das vor allem Clive galt.

Dann war deutlich zu erkennen, daß die Wunde auf Berts Stirn nur geschickt und auf sehr professionelle Weise aufgetragene Schminke war.

Elftes Kapitel

Wenig später standen die fünf mehr oder weniger freiwilligen Akteure des Dramas, zu dem Miroslav Galeens *Loft* die Bühne abgegeben hatte, um den Samowar herum und tranken Tee. Francina Roßmann summte fröhlich vor sich hin, während ihr Cousin, der die Browning-Imitation nach wie vor in Händen hielt, erneut in dem vertraulichen Ton wie zu Beginn des Abends sprach.

Stirnrunzelnd fragte Clive Bert immer wieder nach den Gründen dieser »Maskerade«. Belustigt und mit einer Affektiertheit, die Clive unter anderen Umständen ziemlich geärgert hätte, klärte der Junge ihn über die Ursprünge seiner Komplizenschaft mit den tschechischen Cousins auf.

»Ich konnte der Versuchung nicht widerstehen. Nachdem wir uns gestern abend getrennt hatten, habe ich sie unverzüglich aufgesucht, um mit ihnen diese kleine Vorführung zu arrangieren. Clive, ich bin sicher, daß du genauso gehandelt hättest. Herr Galeen war *sicher,* daß ihr auf diese Geschichte reinfallen würdet.«

»Du hattest den Film also schon gesehen, bevor wir dir vorschlugen...?« fragte Clive nach wie vor besorgt.

»Mehr als einmal!«

»Aber welche Beziehung besteht zum...?«

»Zum *Sensationellen*! So nennt Herr Galeen den dramatischen Effekt, der dazu bestimmt ist, den Impakt der Vorführung des *Labyrinths* zu verstärken. Die Schreie, das Davonrennen und Francinas Sturz waren zuvor bereits aufgenommen worden.«

Bert machte eine kurze Pause, bevor er in vertraulichem Ton fortfuhr:

»Lange Zeit galt Herr Galeen als der beste ›Tonregisseur‹ des tschechischen Radios...«

Ihr Gastgeber lachte kurz und zufrieden auf.

Dann richtete sich Clive mit rauher Stimme an Bert:

»Willst du damit sagen, daß diese Inszenierung als Ergänzung zum Film gilt, daß sie Teil des Films ist...?«

Elsa stand etwas abseits und beachtete die andern mit angewidertem Gesichtsausdruck. Alle diese Erläuterungen konnten sie bei weitem nicht beruhigen. Im Gegenteil, sie begann sich höchst unwohl zu fühlen, was ihre Glieder erstarren ließ und ihr Hirn betäubte. Mit Hilfe dieses Verrückten namens Bert, der sich über diesen Streich auch noch zu freuen schien, hatten Miroslav und Francina sie zum Narren gehalten. Aber wußten diese drei eigentlich, mit wem sie ihr Spielchen trieben?

Elsa fröstelte. Tiefe Wut erfaßte sie. Und mit einem Mal wäre sie am liebsten weggelaufen und quer durch Prag geflohen, auf der Suche nach einem *sicheren* Ort. Begriff Clive denn nicht, daß diese selbstgefälligen Leute dabei waren, alles zu verderben? Längst hatte dieser obszöne Scherz, dessen sie sich unwürdig fühlte, das verzückte Staunen, das der Film in ihr ausgelöst hatte, getrübt. Sollen Bert und Clive sich doch zum Teufel scheren!

Die Nacht ging zu Ende. Nach einem kurzen Abschied eilten die drei jungen Leute die Treppe hinunter, und Elsa war fest entschlossen, den Deutschen keines Blickes mehr zu würdigen. Während sie im ersten Licht der Morgendämmerung Richtung Hotel ging, tuschelten Clive und sein Freund kurz miteinander. Dann holte der Engländer Elsa ein, und gemeinsam betraten sie ihr Zimmer, ohne ein Wort miteinander gewechselt zu haben. Clive sank unverzüglich in tiefen Schlaf. Elsa hingegen fand keine Ruhe. Sie lag wach, achtete auf das kleinste Geräusch – die in diesem Touristenhotel nicht eben selten waren – und sah noch einmal, fast Bild für Bild, den makabren »Scherz« vor sich, den die beiden Tschechen und der junge Deutsche sich mit ihnen erlaubt hatten. Und je genauer sie diese Ereignisse analysierte, die auch durch Berts munter vorgetragene Erklärungen für sie nicht annehmbar geworden waren, um so größer wurde ihre Verwirrung.

Sie spürte, wie Rachegefühle in ihr aufkamen, die sie an andere Abschnitte ihres Lebens erinnerten. Das Entsetzen, das sich ihrer kurz zuvor in der Nacht bemächtigt hatte, war immer noch nicht gänzlich verschwunden, oder besser: war einer noch schrecklicheren Angst gewichen. Am liebsten wäre sie sofort aus Prag geflohen, doch sie wußte sehr wohl, daß Clive und Bert einander wiedersehen wollten. Und dann war da noch dieser Film, *Das Labyrinth*. Ein seltsames Werk, dessen Authentizität außer Zweifel stand. Mit schwindelerregender Geschwindigkeit rasten die Gedanken durch ihren Kopf. Sie hatte einen bitteren Geschmack im Mund, und nach und nach wurde ihr ganzer Körper von einer Art Fieber erfaßt. Clive schnarchte laut, und zum ersten Mal, seit sie sich kannten, machte seine Anwesenheit Elsa wütend. Je stärker das Licht der Sonne durch die hölzernen Fensterläden in dieses Zimmer drang, das ihr nun wie ein Gefängnis vorkam, um so eindeutiger wurde das Gefühl, das immer heftiger in ihr aufkam: der Wunsch nach Rache reifte in ihrem tiefsten Inneren heran.

In dem Moment, als sie endlich begriff, in welcher Form dieser Wunsch nach Rache in Erfüllung gehen würde, fiel Elsa in tiefen Schlaf, und einige Stunden später mußte Clive sie heftig rütteln, um sie in die Wirklichkeit zurückzuholen. Sonnenlicht durchflutete ihr Zimmer, und der Junge hatte sich gekleidet, als wolle er ausgehen. Als Elsa ihm einen düsteren Blick zuwarf, grinste er nur und sagte:

»Es ist Mittag, du Faulpelz. Ich bin mit Bert auf der Brücke verabredet.«

Dann ging er hinaus und schloß die Türe hinter sich, während Elsas Gedanken nach wie vor nichts anderes waren als ein großes Durcheinander.

Sie stand auf, trat ans Fenster und streckte sich. Die geheimnisvolle Stadt, die sich vor ihren Augen ausbreitete, sah nicht anders aus als irgendein beliebiges Touristenziel. Eine unbekümmerte Menschenmenge aalte sich in der Sonne, die nach mehreren grauen und verregneten Tagen unverhofft am Himmel stand.

Elsa wusch sich rasch und kleidete sich an. Dann verließ sie das Hotel und ging durch die Gassen von Mala Strana, die zum Schloß führten. Sie erkannte Elemente einzelner

Szenen aus dem *Labyrinth* wieder, wandelte auf den Spuren von Kafka – wie Henrik Galeen ihn in seinem Film dargestellt hatte – und versuchte, den Weg zu dem berühmten Friedhof wiederzufinden, zu dem es vom oberen Teil des Hügels aus keinen Zugang zu geben schien. Durch eine gewundene Straße, in der riesige, für Touristen reservierte Busse herummanövrierten, ging sie wieder ans Flußufer hinunter. Dort war großes Gedränge, und die Volksfeststimmung, die in dieser Gegend herrschte, ließ ihren Pilgergang zu den Drehorten absurd erscheinen. Die Nacht wäre bestimmt besser geeignet, dachte die junge Engländerin. Sie wandte sich an die Besitzerin einer Imbißbude, erhielt jedoch nur eine ungenaue Beschreibung des Ortes, an dem sich der Friedhof befinden mußte.

Sie bog in eine menschenleere, im Schatten gewaltiger Bäume liegende Straße ab. Im nächtlichen Regen waren die grasüberwucherten Pflastersteine glitschig geworden. Elsa ging an einer hohen Mauer entlang, die durchaus zum Friedhof hätte gehören können. Die moosbedeckten Baumstämme erinnerten sie an den Wald von Epping, weit weg, in London. Der gepflasterte Weg sah der Abkürzung, die sie auf ihrem Heimweg von der Schule oder nachts, nach der letzten Vorstellung im Odeon-Kino in der High Street nahm, verblüffend ähnlich. Ein Schwindelgefühl erfaßte Elsa, die jetzt begriff, was sie zu tun hatte. In einiger Entfernung erkannte sie ein riesiges, vom Rost zerfressenes Gitter und beschleunigte ihre Schritte.

★

Clive und Bert spazierten am anderen Flußufer entlang und waren in eine angeregte Unterhaltung vertieft. Der junge Deutsche trug den Regenmantel, dessen grüner Seidengürtel sich bei jeder seiner Bewegungen in den Schößen des Kleidungsstücks verfing.

»Aber genau das ist perfektes Kammerspiel, mein Lieber«, sagte er zu dem Engländer, der ihn nicht aus den Augen ließ, in diesem Moment jedoch mißbilligend den Mund verzog. »Bist du nicht meiner Meinung?«

»Nein, Bert, ich teile deine Bewunderung für diese beiden... Nachtvögel nicht. Ich halte sie für unehrlich, sie machen mir angst.«

Berts Lachen gab seinem Gesichtsausdruck etwas beinahe Kindliches. Er legte seine rechte Hand in den Nacken von Clive, der sich dieser auf offener Straße ein wenig peinlichen Zärtlichkeit mit einer kurzen Bewegung zu entziehen versuchte.

»Komm, sei doch nicht so mißtrauisch! Du bist genau wie deine Freundin. Sie scheint die beiden wirklich zu hassen. Aber ich glaube, daß vor allem ich derjenige bin, den sie nicht mag.«

Clive zuckte die Achseln.

»Kümmere dich nicht um Elsa. Sie hat Angst, und das ist ihr gutes Recht.«

»Okay, Clive. Kommen wir auf jenen Abend zurück. Eine hübsche ›Reise an den Abgrund‹, findest du nicht? Ein Kammerspiel à la Henrik Galeen, inszeniert von Onkel Miroslav. Deswegen bist du doch hergekommen, oder? Tante Francina hat ihre Rolle toll gespielt. Doch was ihr nicht sehen konntet, das war ihr verrücktes Lachen hinter den Kulissen! Eine begnadete Stimmungskanone, die alte Dame.«

Diesmal faßte er Clive um die Hüfte, und der Engländer spürte, wie er errötete. Sie befanden sich in der Nähe des Großen Theaters, auf das die japanischen Touristen mit ihren Fotoapparaten zielten.

Bert flüsterte Clive ins Ohr:

»Ich glaube, sie besitzen noch andere Filme vom alten Galeen. In dem kleinen Zimmer, in dem ich mich während der Vorführung versteckt hielt, lagern noch haufenweise Filmrollen.«

Verärgert löste sich Clive aus der Umarmung seines Freundes und sah ihn ungläubig an:

»Das sind bloß Vermutungen. Ich habe den Eindruck, daß sie auch dich an der Nase herumführen.«

Bert schien beleidigt. Er ging einen Schritt auf das Geländer zu und stützte sich darauf, den Kopf nach wie vor Clive zugewandt:

»Ihr Engländer wollt immer recht haben. Du wärest wohl gerne der erste gewesen, der *Das Labyrinth* zu sehen bekommt, na, ist es das?«

»Und du? Glaubst du etwa, der erste gewesen zu sein? Das ist doch lächerlich! Galeen ist seit Jahren im Besitz dieses Filmes. Ein perverser Kerl, der sein Leben damit verbringt, nach Verrückten wie uns zu suchen.«

Dann schwieg er einige Sekunden. Bert hatte sich dem trüben Wasser des Flusses zugewandt. Clive näherte sich dem jungen Deutschen und sagte:

»Weißt du eigentlich, wovon sie leben, er und seine Cousine?«

Bert lachte kurz auf.

»Du wirst überrascht sein. In einer Straße unweit des Museums führen sie ein Geschäft für Bestattungszubehör.«

Clive schreckte hoch.

»Wieso nicht eines für Scherzartikel, das würde viel besser zu ihnen passen.«

*

Elsa bemerkte sie von der Karlsbrücke aus. Ganz deutlich erkannte sie ihre auf das Geländer gestützten Silhouetten und blieb eine Weile regungslos in der aufkommenden Brise stehen, die die Sonne verjagte und schwere, Regen ankündigende Wolken mit sich brachte.

Die Touristen waren in ihre Busse oder in die Hotels der Altstadt zurückgekehrt oder stellten sich in die Warteschlangen vor den Restaurants auf dem Wenzelsplatz.

Elsa fröstelte, doch sie kümmerte sich nicht mehr um die Kälte, die sie durchdrang, denn in ihr loderte ein glühend heißes Feuer. Mit fünfzehn kaufte sie eines Tages in einem großen Geschäft am Picadilly Circus eine Schallplatte mit Musik aus amerikanischen Horrorfilmen, Klassikern wie *Frankenstein, Dracula, Die Goldmaske*. Nachdem sie in das leere Haus in Woodfort zurückgekehrt war, hörte sie sich diese symbolträchtige Platte an, eine gleichzeitig suggestive und naive Musik, deren Klänge sie mit einer Art ungesunder, triumphierender Freude erfüllt hatten. In diesem Moment hatte sie sich gewünscht, niemals das Schicksal der Mädchen ihres Milieus teilen zu müssen, die einer durchschnittlichen Gesinnung und den schäbigen Riten des englischen Kleinbürgertums unterworfen waren; eine Gesellschaft, in der sie das Gefühl hatte, ersticken zu müssen und die sie lächerlich fand. Sie hatte sich geschworen, ein außergewöhnliches Leben zu leben, ohne allerdings zu wissen, wie sie das anstellen sollte. Das war in der Zeit vor dem nächtlichen Zwischenfall im Wald von Epping. Jemanden zu töten war im Grunde gar nicht so schwierig.

Es wurde Nacht, und die Keller von Mala Strana füllten sich mit Gästen und Zigarettenrauch. Mit einer aufdringlichen Orgelmusik im Kopf marschierte Elsa durch die düsteren Gassen, wie die Figur aus einem Film wie dem, den sie in der Nacht zuvor gesehen hatte. Sie ging im Rhythmus eines schrillen Klageliedes, dessen Text ihr unbekannt war, jedoch ihr Leben als Heldin einer letzten Episode der großen expressionistischen Filmsaga behandelte. Gerne hätte sie dieses Gefühl mit Clive geteilt, doch Clive stand für einen gemeinsamen Traum nicht mehr zur Verfügung. Also würde sie auf ihn verzichten.

Über einen labyrinthischen Weg ging sie zum Fluß hinunter.

★

In trauter Zweisamkeit speisten Clive und Bert in einer kleinen Taverne in der Zigeunerstraße, im Herzen des jüdischen Viertels. Sie stritten nun nicht mehr über Galeen und dessen Cousine, sondern sprachen über sich. Berts Eltern führten eine Buchhandlung in Hamburg und hatten eine Zeitlang in London gelebt. Clive und sein Freund hatten viele gemeinsame Interessen, und wie immer, wenn eine Liebesbeziehung sich anbahnt, wußten sie sich ständig neue Dinge zu erzählen. Clive bemühte sich, Elsa zu vergessen, und war überzeugt, daß sie sich am nächsten Morgen im Hotel wiedersehen würden. Doch nun war es Zeit für die Vergnügungen, die ihre sonderbare Freundschaft bislang hinausgeschoben hatte. Er sagte sich, daß er Elsa liebte wie eine Schwester, bevor er wieder tief in Berts Augen schaute.

★

Nicht ein einziges Licht brannte in den Fenstern des riesigen Lagers, in dem sich Miroslav Galeens Wohnung befand.

Mühelos hatte Elsa den Weg an den Quais entlang wiedergefunden und das Gebäude mit der geteerten Fassade und dem düsteren Holzgiebel wiedererkannt. Die Türe schlug im Wind – derselbe Wind wie am Vortag, der diesen Ort in die ideale Horrorfilmkulisse verwandelte. Die Musik dröhnte immer noch in ihren Ohren und half ihr, auf ihr Ziel zuzusteuern.

Sie betrat das Lager und hatte einige Mühe, in der völligen Dunkelheit den Treppenaufgang zu finden. Mehrmals stolperte sie, hielt sich an den feuchten Wänden fest und stieg schließlich hinauf.

Sie machte so wenig Lärm wie möglich. Über ihr, hoch oben im offen scheinenden Treppenhaus, heulte der Wind. Sie zählte die Stufen, denn am Abend zuvor hatte sie etwa dreißig zusammengerechnet. Achtundzwanzig... Neunundzwanzig... Sie gelangte auf einen Treppenabsatz, den sie, auf das geringste Geräusch horchend, auf den Zehenspitzen überquerte. Vielleicht waren Miroslav und seine Cousine in der Nähe. Elsa wußte nicht, ob sie zusammenlebten, was immerhin sehr wahrscheinlich war.

Sie hatte kaum Zeit, zur Gegenwehr die Hand zu heben, als plötzlich eine Tür aufgerissen wurde, hellrotes Licht auf den schmalen Treppenabsatz fiel und eine füllige Gestalt im flackernden Schatten auftauchte und mit sanfter Stimme sagte:

»Ich wußte, daß Sie bald wiederkommen würden. Seien Sie also willkommen, Miss Hilbrett!«

Dann begann Galeen zu lachen. Zunächst wußte Elsa gar nicht, wie sie sich verhalten sollte. Dann wurde ihr bewußt, daß die Situation ohne weiteres umschlagen konnte, daß ein einziges Wort von ihr genügen würde, um jede Zweideutigkeit aufzuheben und das Spiel des anderen mitzuspielen.

»Haben Sie mich kommen gehört, Herr Galeen? Es tut mir leid, aber ich wußte nicht, wie ich Ihnen...«

»Ich bitte Sie. Es freut mich sehr, Sie wiederzusehen. Treten Sie doch ein!«

Er trat zur Seite, um sie vorbeizulassen, und dann stand sie in einem kleinen Raum, der ihr tags zuvor nicht aufgefallen war, in einem schmalen Vorzimmer, dessen Wände von unten bis oben mit Büchern tapeziert waren. Galeen schob einen schweren Vorhang auf und sagte:

»Wir sind jetzt Freunde! Und Sie kennen sich hier doch aus, nicht wahr? Jaja...«

Das Wiedersehen mit Elsa schien ihn wirklich zu freuen, und so beschloß sie, ihm zuzulächeln.

Dann betrat sie den sonderbar eingerichteten Raum, an dessen hinterster Wand die Leinwand gespannt war, auf die *Das Labyrinth* projiziert worden war. Einen Sekundenbruchteil lang spürte sie ein Stechen im Herzen und bedauerte es außerordentlich, sich nicht von neuem der Fiktion hingeben zu können. Reglos blieb sie vor der Leinwand stehen, und es war, als hätte Galeen ihre Gedanken gelesen, als er auf die Leinwand deutete:

»Ich glaube, ich habe begriffen. Die Nostalgie... und dabei sind Sie noch so jung, Miss. Na, ist es das?«

Wie zum Scherz hatte er seine Worte übertrieben betont, so daß Elsa erneut lächelte. Sie zwang sich, einen Ausdruck des Bedauerns anzunehmen, und genau das war es, was der Mann von ihr erwartete, denn mit folgenden Worten fuhr er fort:

»Der Film meines Vaters fehlt Ihnen bereits. Ich hätte darauf wetten können! Eine größere Freude konnten Sie mir nicht bereiten, Miss! Kommen Sie, ich bitte Sie, wir wollen einen schönen heißen Tee zusammen trinken. Bei diesem Wetter hat man das bitter nötig.«

Er ging nicht sofort auf Elsas stillschweigende Bitte ein, sondern bat sie zunächst, Platz zu nehmen, und fragte nach Clive, bevor er mit einem gewissen Eifer am Samowar zu hantieren begann. Offenbar war er allein in der riesigen Wohnung. Doch wie könnte sie sich mit letzter Sicherheit davon überzeugen? fragte sich Elsa, bevor sie das einzig mögliche tat:

»Wie geht es Ihrer Cousine, Herr Galeen?«

Ohne sich umzudrehen, nickte der Mann mehrmals mit dem Kopf, ehe er antwortete. Dann sagte er freundlich:

»Sie hat oft Rückenschmerzen. Heute muß sie den ganzen Tag im Bett bleiben.«

Elsa verzog das Gesicht. Denn sie wußte damit noch immer nicht, ob Francina nun hier war oder in ihrer eigenen Wohnung.

»Sie wohnt in der Altstadt?« fragte sie, weiterhin unschuldig.

»Ganz hier in der Nähe, am Rand des Parks.«

Elsa war zufrieden. Sie fühlte, wie eine seltsame Hoffnung in ihr aufkam, als Miroslav mit einem Tablett neben sie trat, auf dem zwei Tassen dampften.

»Das hier wird uns guttun. Es ist derart zugig hier!«

Er lachte kurz auf und nahm auf einem neben ihr stehenden Sessel Platz. Erst dann sagte er, mit spöttischem Glanz in den Augen:

»Sie können es kaum erwarten, sich den Film noch einmal anzuschauen, Miss Hilbrett. Und ich kann Sie gut verstehen...«

Einen Moment lang tat er so, als würde er sich innerlich sammeln, um dann, den Tee rührend, fortzufahren:

»Wissen Sie, es gibt nichts, was dagegen spricht. Außer der Tatsache, daß ich nicht weiß, ob dieser verdammte Projektor mir heute abend gehorchen wird.«

Er trank einen kräftigen Schluck Tee. Ebenso Elsa, die währenddessen über die Situation nachdachte. Noch war nichts gewonnen. Den Zwischenfall vom Vortag, als ein beginnendes Feuer die Vorführung des *Labyrinths* um ein Haar unterbrochen hätte, hatte sie ganz vergessen.

★

Die beiden jungen Männer beendeten ihr Abendessen, das sie mit reichlich herbem Weißwein begossen hatten, der sie rasch in den Zustand von Trunkenheit versetzt hatte, der nötig war, damit ihre überhitzten Gemüter völlig miteinander verschmelzen konnten. Mehrmals hatte sich Bert dem jungen Engländer mit zärtlichen Gesten anzunähern versucht, doch dieser stieß ihn jedesmal unverzüglich zurück, da er sich weigerte, seine Gefühle in aller Öffentlichkeit zu zeigen.

Kurz vor zehn schien Bert sich daran zu erinnern, daß in einer Kapelle in Mala Strana ein Dvořák-Konzert auf dem Programm stand. Sie verließen das Restaurant und traten in die feuchte, windige Nacht hinaus. Clive mußte wieder an seine Freundin denken – war sie im Hotel geblieben? Hatte sie beschlossen, die Erkundung der Stadt allein fortzusetzen?

An der Ecke zweier Straßen, durch die Kafka in Galeens Film kurz vor seinem Besuch im Schloß gegangen war, verschluckte sie die Nacht. Doch Clive wollte nicht mehr an das denken, was am Abend zuvor geschehen war. Er wollte den gegenwärtigen Augenblick genießen.

★

Miroslav kratzte sich am Kinn, und sein Blick verlor sich in der Leere. Er schien nachzudenken. Inzwischen genoß Elsa den Geschmack des Tees, der ihr überdies neue Kraft gab – außer den beiden winzigen Käsebrötchen, die sie am Morgen an einem Imbißstand unweit des Wallenstein-Parks gekauft hatte, hatte sie praktisch nichts gegessen.

»Was halten Sie davon, wenn ich Ihnen eine Dokumentation über die Dreharbeiten zum *Labyrinth* zeige? Es handelt sich um einen sehr kurzen Film, der von einem Assistenten Galeens Ende Herbst 1924 realisiert wurde. Später wurde Rudolf Hartz Kameramann bei einer großen Berliner Produktionsgesellschaft für Nachrichtenfilme. Ich glaube sogar, daß er noch lebt, aber ich bin ihm nie begegnet.«

Elsas Augen hatten zu glänzen begonnen. Mehrmals nickte sie mit dem Kopf und brauchte gar nichts zu sagen. Der Mann lächelte, rutschte unruhig auf seinem Sessel hin und her und klatschte, nachdem er seine Tasse auf einem nahen Tisch abgestellt hatte, in die Hände wie ein Kind.

»Ausgezeichnet! Ausgezeichnet! Lassen Sie mir also bitte etwas Zeit für die Vorbereitungen. Ich muß diese Perle meiner Sammlung erst holen gehen. Nehmen Sie sich in der Zwischenzeit so viel Tee, wie Sie wollen!«

Wie von einer Sprungfeder angetrieben, erhob er sich, ging beinahe im Laufschritt nach hinten und verschwand hinter der Türe – der berüchtigten Türe.

*

Das Konzert dauerte nicht sehr lange. Die steife, technisch zwar perfekte, aber – seiner Meinung nach – seelenlose Interpretation des kleinen Kammerorchesters, dessen Mitglieder offensichtlich eine *Show* für die betuchten Touristen abzogen, hatte Clive nicht wirklich gefallen. Bert hingegen hatte frenetisch applaudiert und schien sich inmitten dieser – in Clives Augen – viel zu versnobten Melomanen sehr wohl zu fühlen. Während der junge Deutsche sich noch mit zwei Musikkritikern unterhielt, die er kannte, wartete Clive am Eingang der Kapelle, der von den Scheinwerfern eines französischen Fernsehteams beleuchtet wurde. Unter der Leitung einer blonden, stark geschminkten und völlig hysterischen Journalistin hatten die Franzosen das Konzert aufgezeichnet. Schließlich waren die beiden jungen Männer in die Finsternis des alten Viertels zurückgekehrt.

Seit Beginn des Abends erkannte Clive mit wachsender Erregung – hier an einem kleinen Platz, dort in einer winkeligen Gasse – verschiedene Einstellungen aus Galeens Film wieder. Zweifellos aus Sparsamkeit hatte Galeen auf die natürliche Kulisse seiner Stadt zurückgegriffen und Kafka unter dem Auge einer diskreten und – bevor es diesen Begriff überhaupt gab – neorealistischen Kamera dort hineingestellt. Es gelang dem Jungen nicht, sich von der Magie zu lösen, die von der Vorführung bei Miroslav Galeen ausgegangen war, mit jeder Stunde kam deutlicher ein Gefühl der Frustration in ihm auf, das zweifellos damit zu tun hatte, daß er sich Elsa gegenüber schuldig fühlte, die er allein zurückgelassen hatte. Der Film hatte einen Zauber ausgeübt, von dem er sich nicht mehr befreien konnte. An seiner Seite machte Bert inzwischen einige Tanzschritte, deren Bedeutung auf der Hand lag. Er schlug vor:

»Gehen wir in mein Hotel?«

Im Schatten verzog Clive das Gesicht. Die Lust war ihm ziemlich vergangen. Doch kann man seinem Schicksal entgegen?

★

Elsa nutzte Galeens Abwesenheit, um sich nach Belieben in dem Raum umzusehen, in dem sie sich befand. Sie musterte die Bibliothek, die die eines bewanderten Filmliebhabers war, betrachtete die zahlreichen gerahmten Fotos – auf denen ihr Gastgeber seltsamerweise so gut wie nie zu sehen war – und trat dann an das Fenster, das auf den Balkon ging, jenen Balkon, auf den Miroslav und Francina sich am Abend zuvor während der Projektion zurückgezogen hatten, um miteinander zu reden. Sie öffnete den mittleren Flügel und wagte einen Schritt hinaus auf den schmalen Vorsprung aus wurmstichigem Holz, der mit einem metallenen, ihr wackelig scheinenden Geländer versehen war. Unter sich erkannte sie ein paar Pfützen, die im Mondlicht schwach glitzerten, und in einiger Entfernung das ruhige Wasser des Flusses.

Sie hörte Schritte hinter sich und zuckte zusammen. Galeen kam schwerbeladen auf sie zu. Sie deutete an, ihm helfen zu wollen, doch er lehnte ab und forderte sie auf, sich in einen der Sessel vor der Leinwand zu setzen.

Sie wählte denselben Platz wie tags zuvor und kuschelte sich mit einer Art wiedergewonnener Lust in die Kissen. Hinter ihr beendete Miroslav die Vorbereitungen. Dann erloschen die Lichter. Und von neuem wurde die Zeit aufgehoben.

Ein Surren, dann Streifen auf der Leinwand. Es handelte sich offenbar um einen Stummfilm. Zunächst erschien ein Titel in deutscher Sprache:

EIN MEISTER DES KINEMATOGRAPHEN:
HENRIK GALEEN

Auf den ersten Bildern war ein riesiger Holzschuppen zu sehen, der beinahe identisch war mit dem, in dem Elsa sich gerade befand, und vor dem gerade eine sehr große, schwarze Limousine vorfuhr – mit ruckartigen Bewegungen, die zweifellos durch die Kamera verursacht waren, die diese Szene gefilmt hatte. Der Mann, der aus dem Wagen stieg, kam auf die Kamera zu. Er war groß, kahlköpfig und trug einen langen, weißen Kittel. Da Elsa Murnau schon auf vielen Fotos von Dreharbeiten gesehen hatte, wunderte sie diese Aufmachung nicht. Ein Zwischentitel lautete:

»Der Regisseur erscheint in den Studios in der Brückengasse. Ein langer Arbeitstag beginnt.«

Dann wurde der Schuppen von innen gezeigt, wo die Techniker und Schauspieler auf den Regisseur warteten. Überschwengliche Begrüßungsszene. Dann wurden die Scheinwerfer eingestellt. Der Kafka-Darsteller trat ins Blickfeld, grüßte die andern mit einer gewissen Ironie und stellte sich für die erste Einstellung an seinen Platz. Die Szene spielte im Büro der Versicherungsanstalt. In einer Ecke erkannte man die beiden jungen Darsteller der Rollen von Oskar und Ludwig. Kafka setzte sich an sein Pult und tat so, als würde er in Dossiers blättern. Auf ein Zeichen des alten Galeen hin schaltete der Kameramann die Kamera an.

Anschließend zeigte die Kamera, die diese Szene filmte, einen anderen Teil des Schuppens, wo eine Gruppe von Statisten angeregt diskutierend vor einer Art Wohnwagen stand, der zweifellos für einen der Hauptdarsteller des Films reserviert war. Eine Nahaufnahme zeigte den

Wohnwagen in dem Moment, als in der Türe eine junge Frau erschien, die keine andere war als die Schauspielerin, die Gabriela Roßmann darstellte. Sie machte ein Zeichen in Richtung der Kamera, stieg dann die beiden Stufen hinunter und stellte sich, nach wie vor lächelnd, zu der kleinen Gruppe von Statisten. Sie wurde höflich begrüßt – von einigen, wie es schien, gar mit einer Herzlichkeit, die auf das sympathische Wesen der Schauspielerin schließen ließ. Sie zeigte übrigens nicht die geringsten »Starallüren« und unterhielt sich mit allen. Anschließend ging sie – immer noch von Rudolf Hartz mit der Kamera verfolgt – in einen anderen Teil des riesigen Studios. Genau in diesem Moment tauchte ganz hinten im Blickfeld der Kamera eine Gestalt auf. Diese schlanke, kleine Person mußte das Studio durch einen anderen Eingang betreten haben als der Regisseur. Zielstrebig ging sie auf die Schauspielerin zu, die bei ihrem Anblick kurz innehielt, so als sei dieser Besuch nicht vorgesehen gewesen.

Neue Einstellung. Diesmal ging die Kamera näher an die Schauspielerin und die Besucherin heran, so daß man deutlich erkennen konnte, daß es sich um ein sehr junges Mädchen mit kurzen Haaren und einer Art Schuluniform handelte.

Dieses junge Mädchen war unter allen andern leicht wiederzuerkennen, denn es handelte sich um Elsa.

★

Bevor Clive zu Bert auf das Zimmer ging, bestellte er einen Whisky an der Bar des Hotel Diplomat. Der junge Deutsche hatte den Fernseher eingeschaltet: auf einem einheimischen Kanal wurde ein Film von Truffaut in englischer Synchronfassung gezeigt. Mit nacktem Oberkörper wühlte Bert in einem Stapel von Dossiers, auf der Suche nach einem Buch über Dvořák, in dem er unbedingt etwas nachschlagen wollte.

Clive setzte sich an die Kante des Doppelbettes und nahm den Telefonhörer ab. Er wählte die Nummer des Hotels Zu den Drei Straußen und ließ sich mit Zimmer 53 verbinden. Das mehrfache Klingeln bestätigte, daß Elsa ihr Zimmer verlassen hatte. Er schaute auf die Uhr. Es war kurz vor Mitternacht.

In der anderen Ecke des luxuriösen Hotelzimmers stieß Bert einen Jubelschrei aus. Clive drehte sich nach ihm um und sah ihn an wie ein Gespenst.

★

Auf der Leinwand unterhielt sich die Schauspielerin nun mit Henrik Galeen. Dieser gestikulierte herum, während Gabriela sachte mit dem Kopf nickte. Dann sah man, wie sie zu der Kulisse von Kafkas Büro ging und sich mit Hilfe eines Assistenten in Position stellte. Gleichzeitig wurde die Beleuchtung eingestellt, und eine Maskenbildnerin näherte sich ihr, um ihr Kleid und eine Locke ihrer Frisur zu richten.

Genau in diesem Moment beschloß Elsa zu handeln.

Sie erhob sich, taumelte durch die Dunkelheit, stieß gegen Stühle, quetschte sich den Oberschenkel an einer

Ecke des schweren Tisches, auf dem der Samowar stand, und näherte sich Miroslav Galeen.

Zunächst schien er gar nicht bemerkt zu haben, daß sie neben ihm stand. Schreiend stieß sie ihn zur Seite, wobei er vor Überraschung den Projektor mit einer jähen Armbewegung zu Boden stieß. Einige Sekunden lang übertönte das Geräusch des Metalls das Gebrüll der jungen Engländerin, die ganz außer sich war und sich nicht mehr unter Kontrolle hatte. Dann begann auch Galeen zu schreien, doch um sich zu wehren, so als würde er um sein Leben fürchten.

In der fast völligen Dunkelheit des Lofts – nur das hellrote Licht im Vorzimmer leuchtete noch schwach – ging Elsa zu der Tat über, die sie sich seit mehreren Stunden reiflich überlegt hatte und von der sie nun nichts mehr abhalten konnte. Sie warf sich auf Galeen, packte ihn fest am Kragen seiner Weste und drängte ihn zu dem nach wie vor offenstehenden Fenster.

Der Mann wehrte sich kaum, so sehr war er von diesem Angriff, der sich gegen ihn richtete, überrascht worden. Seine Füße verfingen sich in einem Teppich, um ein Haar wäre er hingefallen, doch Elsa fing ihn auf und stieß ihn weiter in Richtung Fenster.

Dort angekommen, drehte sie sich blitzschnell um, schlug energisch die beiden gläsernen Flügel auf und stieß ihr Opfer mit einem gellenden Schrei und ihrer ganzen Kraft gegen das dünne Metallgeländer. Erneut packte sie Galeen, versuchte den Körper des Mannes hochzuheben und so weit über das Geländer zu hieven, daß er das Gleichgewicht verlieren mußte. Doch sie brauchte diesen

Kraftakt nicht zu Ende zu führen, denn schon gab das Geländer unter dem Gewicht von Miroslav nach, und der alte Mann stürzte in die Tiefe.

★

Bert und Clive lagen Seite an Seite auf dem Bett ihres Zimmers im Hotel Diplomat und starrten auf den Fernsehschirm, der über einem breiten Spiegel angebracht war. Berts Trunkenheit hatte ein wenig nachgelassen, und er hatte feststellen müssen, wie wenig Leidenschaft sein Freund bei ihrer kurzen Umarmung gezeigt hatte.

»Denkst du an deine Freundin?« fragte Bert und streichelte den Nacken des Jungen, der nicht antwortete und dessen Blick sich nach wie vor auf dem Bildschirm verlor, auf dem gerade eine Nachrichtensendung zu sehen war.

Bert schüttelte den Kopf und meinte verzweifelt:

»Ich verstehe überhaupt nichts mehr. Ich dachte, sie wäre nichts weiter als eine Kameradin, eine genauso begeisterte Kinoliebhaberin wie du.«

»Eben!« erwiderte Clive, der sich mit einem Ruck aufrichtete und sich vom Bett erhob.

Dann begann er, die Arme vor seinem mageren Oberkörper verschränkt, im Zimmer auf und ab zu gehen. Er fröstelte.

»Ich bin sicher, daß etwas passiert ist. So allmählich lerne ich sie jetzt richtig kennen. Und ich kann mir gut vorstellen, daß sie die Geschichte von gestern abend bei Galeen nicht verdaut hat.«

Er stand Bert gegenüber, der nun mit gekreuzten Beinen auf dem Bett saß und sich ein T-Shirt überstreifte.

Clive schien eine Entscheidung zu treffen. Er begann, sich anzukleiden.

Zehn Minuten später verließ er das Hotel.

★

Elsa hatte das Fenster geschlossen, die Vorhänge zugezogen und das Licht eingeschaltet. Der Projektor lag auseinandergebrochen auf dem Fußboden des *Lofts*. Sie kniete sich neben den Apparat und entfernte die beiden eingelegten Filmspulen. Sie stopfte eilig den Zelluloidstreifen und den ganzen Rest in eine Plastiktüte, die sie im Vorraum gefunden hatte. Dann eilte sie auf den Flur, auf den man durch den hinteren Teil des Raumes gelangte, und öffnete nacheinander sämtliche Türen der kleinen Kammern, in denen Galeen seine Schätze aufbewahrte. Mühelos fand sie die drei Spulen mit der Aufschrift »Das Labyrinth« und steckte sie ebenfalls in die Tüte. Dann verließ sie die Wohnung, ohne das Licht zu löschen.

Als sie in die gepflasterte Gasse einbog, die zum Friedhof führte, spürte Elsa, wie Müdigkeit sie überkam. Doch es gab kein Zurück. *Sie hatte das Signal erhalten.* Das, worauf sie vage gewartet hatte, war ihr auf der Leinwand erschienen.

In ihrem Kopf hatten die Filmbilder von Rudolf Hartz ihre Vertonung erhalten, jene Horrorfilmmusik, die sie jetzt ständig hörte, die sie unmerklich berauschte und alle ihre Unternehmungen begleitete. Ihre Füße rutschten auf den nassen Pflastersteinen aus. Es regnete nicht mehr, und am nun wolkenlosen Himmel stand der Mond, der die

Friedhofsmauern beleuchtete. Elsa gelangte an das Gitter und stieß einen der Flügel auf, dessen Quietschen ihr einen angenehmen Schauer über den Rücken jagte.

Sie betrat den Friedhof und bog in die Hauptallee ein. Nun wandelte sie auf Kafkas Spuren, das heißt auf den Spuren des Schauspielers, der ihn in Galeens Film dargestellt hatte, und zählte ihre eigenen Schritte. Dreißig nach vorne, zehn nach rechts, sieben nach vorne, acht nach links. Elsa ging dahin wie eine Schlafwandlerin, deren Nerven von obskurer Begierde angespannt sind. Die Musik begleitete jede ihrer Bewegungen. Der Mond war ein geschickt plazierter Scheinwerfer, der der Kulisse den geheimnisvollen Charakter verlieh, der zur Vollendung des Dramas nötig war. Elsa war eng mit diesem Drama verbunden. Sie stand nun vor dem Erdhügel, auf dem die schwarze Marmorplatte lag. Da die Tüte, die sie mit beiden Armen an sich drückte, sie behinderte, mußte sie zwei Anläufe nehmen, bevor sie den Gipfel dieser kleinen Anhöhe erreichte. Sie erkannte die sonderbare Zeichnung im Stein wieder – die Rose in dem Dreieck und dem darüberliegenden Oval – und wußte, daß sie ihrem Ziel nahe war.

Plötzlich waren Schritte auf der tiefer gelegenen Allee zu hören. Elsa drehte sich um und sah, wie ein großgewachsener Mann sich näherte. Er trug einen Überwurf, dessen Kapuze den oberen Teil seines Gesichts verbarg. Er sah gleichzeitig wie ein Mönch und wie ein Henker aus.

Mit unerwarteter Leichtigkeit sprang er auf den Hügel und stand nun fast in Reichweite des Mädchens. Neben diesem Koloß, dessen Atem sie fast riechen konnte, wirkte Elsa beinahe lächerlich klein. Doch dieses Wesen hatte weder einen Geruch noch einen wirklichen Körper. Mit einer einfachen Handbewegung hätte sie durch diesen Leib hindurchgreifen können.

Sie fragte ihn nicht nach seinem Namen, denn sie wußte, daß es sich um Bizzlebeck, den Steinmetz, handelte.

Sie brauchte nichts zu ihm zu sagen, sondern ihm nur dabei zuzuschauen, wie er mit präzisen Handgriffen die Platte öffnete. Diese richtete sich senkrecht auf und gab den Blick auf den düsteren Schacht und das obere Ende einer Leiter aus hellem Holz frei. Der Mond leuchtete die Szene perfekt aus.

★

Zunächst hatte Clive sich verirrt. Er war den Eisenbahnschienen gefolgt und hatte nicht sofort gemerkt, daß sie sich von dem Teil des Quais, wo sich die Lagerhallen befanden, entfernten. Dann endlich erkannte er Miroslav Galeens sonderbare Behausung und näherte sich ihr. Einige Augenblicke lang verdeckte ein riesiger Kran den hell leuchtenden Vollmond, während der Junge gegen einen weichen, am Boden liegenden Körper stieß.

★

Viel später, als sie das Ende des durch die bröckelige und schmierige Erde des Hügels gegrabenen Tunnels erreicht hatte, stieß Elsa an eine Türe ohne Griff, die sich nicht sogleich öffnen ließ. Nachdem es ihr unter äußerstem Kraftaufwand schließlich doch gelungen war, den Flügel aufzudrücken, wurde sie von grellem Licht angestrahlt, das sie zwang, die Augen für ein paar Sekunden zu schließen. Doch schon im nächsten Moment wußte sie, daß sie das Studio betreten hatte. Sie erkannte den Wohnwagen des Filmstars wieder und ging zielstrebig auf die junge Frau zu, die soeben die beiden Stufen heruntergestiegen war, die diese mobile Loge mit dem Boden des weitläufigen, von tausend Geräuschen erfüllten Gebäudes verband. Nur kurz sah sie zu der Gruppe von Statisten hinüber, die lebhaft miteinander diskutierten. Dann klopfte sie hastig die Erdklümpchen von ihren Kleidern und lächelte derjenigen zu, die ihr die Hand entgegenstreckte.